徳間文庫

最後の記憶

望月諒子

徳間書店

過形成　hyperplasia

組織を構成する細胞のうち、特定の細胞が種々の刺激をうけて細胞分裂をおこし、細胞数が過剰にふえるために組織や器官が大きくなること。増生ともいう。一方的に増殖をつづける腫瘍とは違って増殖には限界があり、また刺激がなくなれば組織の大きさは元にもどる可逆的反応である。過形成の原因には、作業負荷、ホルモン作用、機械的刺激などがある。過形成を示す組織では、ほとんどすべて機能の増大を伴う。

平凡社大百科事典（平凡社）より抜粋

一

初めて秋山和雄を診察したのは、七月の終わり、外勤先の病院でのことだった。五十二歳。頭はほぼ、禿げている。ぎょろ目で、眉《まゆ》が薄い。いかつい顔をした男だった。その薄い眉を寄せて、こちらを見据《みす》えている。ちょっとみると、堅気《かたぎ》にはみえない。つきだした腹に、ジャージのズボンのウエストがひっかかっている。ただ、目が誠実そうだった。

頭が痛いと言った。手足のしびれもある。脳腫瘍《しゅよう》の疑いがあった。

脳のレントゲンと聞いたとき、その男はじっと俺を見つめて、ぷるりと身震いした。

ＣＴスキャンの結果、脳底部付近に腫瘍影が認められた。

「……脳腫瘍」

彼は瞬間、蒼白《そうはく》になったが、なぜだか立ち直りは早かった。数秒ののち、諦《あきら》めの表情を見せたのだ。自らを憐《あわ》れむというのだろうか。一点を見つめた表情が、ふっと緩《ゆる》んだ。

「悪性でなければ、手術で全快するんですよ」

恐ろしいことはない。死を宣告しているのではない。懸命に言葉を尽くした。秋山は顔を上げ、俺を見つめて「はい。大丈夫です」と答えた。それが、気を確かに持つというより、医師の気遣いに応えようとしているようで、痛々しくもあった。

洗い晒《ざら》しのジャージに、学生用の白い靴下を穿《は》いて、スリッパのような靴を突っかけている。かつて、ある患者の母親に「クーラーの風が直接あたらないところに寝かせるように」と言ったら、母親は「うちにはクーラーがないんですけど、どうしましょう」とひどく不安げな顔をして、聞いた。それを思い出した。

彼の生活は想像しようもない。そして脳腫瘍を告げられた彼の衝撃もまた、俺から遠い所にある。

いろいろな人間がいろいろな苦悩を背負って生きる。その一つが病苦だ。俺はそれを宣告する。宣告されて、明日からの仕事の段取りを心配する人もいる。収入の道、家族にかける負担を心配する人もいる。ただ取り乱す人もいる。そこに患者各々の人生をかいま見ることはある。しかし医師はその肩にかかった重さを実感として知ることはない。

彼を自分の大学病院に入院させた。

それが事の発端だった。


俺は沢村貴志。四十二歳。武蔵野医科大学病院に勤める脳神経外科、すなわち脳外科医である。

私立武蔵野医科大学を卒業し、医師になった。二年間の研修医生活ののち、大学院に進んだ。脳腫瘍の基礎的研究を専攻し、院生時代に学位論文を完成して、医学博士号を取得した。現在、脳神経外科の臨床医と学部講師、それから提携病院での外来を週に一度務めながら、脳腫瘍の成長解析の研究を続けている。

脳腫瘍の成長解析というのは、腫瘍がどういう性質のものであるかを見極める手法の一つだ。手術で取り出した腫瘍組織に、増殖度の強い悪性細胞だけが染まる特殊な染色を施し、顕微鏡で観察する。そうして染まった悪性細胞数と、全体の細胞数との割合から、増殖度、悪性度を判定する。脳腫瘍病理学では新しい研究手法で、全国の研究施設に定着しつつある。その先駆けというわけだ。最近では脳内神経伝達物質の研究も始めた。

脳内神経伝達物質とは神経細胞同士の情報伝達を担う内因性化学物質の一つだ。現在、百種類以上もの物質の存在がわかっている。その中でもドーパミン、ノルアドレナリン、アドレナリン、セロトニンなど、喜怒哀楽の情動を司《つかさど》るモノアミン系に関心がある。頭部外傷や脳卒中など、脳損傷をしたときの、ドーパミン、セロトニンなどの分泌量の推移を測定し、低値を示した場合、それを、増加させ、脳機能を賦活《ふかつ》させるための刺激治療法を研究している。

臨床医としては脳神経外科医だ。

医師免許さえあれば外科医でも脳外科医でも名乗ることはできる。だが業界では脳神経外科の学会が主催する脳外科認定医試験に通らなければ脳外科医として認められない。合格率は五割だ。それに合格し、国立脳神経科学センターでキャリアを積んだ。それから大学に戻って三十七歳で講師に昇格した。

結婚は早かった。妻に一目惚れしたのである。勝ち気で、率直だ。なにより、ブランド品を持っていなかった。これがすばらしいことに見えた。バブルの全盛期で、周りにはブランド品に身を固めている女が多すぎた。妻は栄養学を学ぶ大学院生だった。

だいたいにおいて優柔不断な俺であり、その上女性と交際した経験が少ないので、妻を攻略するには難渋した。でも慣れていないということは、要領が悪いということでもあるが「怖いもの知らず」ともいえる。妻はその二つをまとめて「打算のない誠実な人」と解釈してくれた。妻を得るに当たっては、医学部に入るための勉強より、成長解析の研究より、一貫してたゆまぬ努力を短期集中的にしたと思う。恋である。あの時、妻を取るか、医者という職業を取るかと言われたら、妻を取ったような気がする。

妻は今、専業主婦である。八つになる娘もいる。円満である。

夫の出世には比較的無頓着だ。最近は、どこまで登り詰めていくのか、興味を持ち始めているようにも思う。妻に関心を持ってもらうことは、喜ばしいことだ。

医療の研究はまるで芸術のようだ。果てはなく、没頭しているそのときには功名心さえない。ただ勤務医が芸術家と違うところは、顕微鏡から目を離せばその瞬間から社会人に戻ることだ。サラリーをもらっているからサラリーマンである。上司がいて、同僚がいて、学会の評価があり、そして昇進がある。

研究が昇進に直結する今の自分を、幸せだと思う。

しかし一方で臨床医として診察室で患者と向き合う時が唯一、自分を医師の原点に立ち返らせてもくれる。悪性細胞は研究者である時には研究素材だ。ともすれば知的興奮の対象にもなる。医師として患者に向き合って初めて、憎むべき存在に変貌する。自分たちの存在の意義は、人を病苦から救うことにあるのだと思い出す。

秋山和雄がやってきた日、家に帰り着いたのは十一時を過ぎていた。妻の由紀子はテレビを見ながら待っていた。娘の絵里香は眠っていた。いつもと同じ夜だ。妻が冷えたビールをコップに注ぐ。

「今度の日曜日、あいてる？」

妻は、人気の遊園地のチケットを三枚もらったから、行きましょうよと言った。

「イルミネーションパーティが綺麗《きれい》なの」

『イルミネーションパーティ』とはいかなるものであろうか。聞き返すと、妻はちょっと呆《あき》れた。

「たくさんのイルミネーションで飾られた、キャラクターたちのパレードのことよ」

電飾をぶら下げたぬいぐるみの行進を想像した。続けざまに脳内が、けたたましい音楽と、なにものにも不調和なラッパの音に満たされた。この前家族で出掛けたのがいつだったか、記憶がない。家族の団欒《だんらん》が大切なことはよくわかっている。でも遊園地は苦手だ。

俺がそう言おうとした、その時だ。

「絵里香はその気よ」

娘がその気なら、いやもおうもない。妻は向かいで、ウインクでもするように、にやりと笑って見せた。

頼りになる妻だった。

武蔵野医大付属病院の脳神経外科外来には午前の診療時間だけで、一人の医師に二十五人の予約患者がやってくる。一人十分の割り当てだ。

医師にはひとからげで「二十五人の患者」だが、患者一人一人には予約して待ちに待った診療だ。だから十分ごとに、まるで仮面を取り替えるようにまっさらな顔で臨んでいかなくてはならない。患者の言葉は一言一句、聞き流すということは許されない。患者にとっては医者は常に誠実な医者でないといけないのだ。診察時間が終わるころには疲れ果て、魂が吸い取られてしまったようになる。

一時過ぎ、やっと食事にありつけると思ったその時、ポケットの中で院内ＰＨＳが鳴った。呼び出し先は脳神経外科病棟ナースセンター。ポケットベルの時代を懐かしみながら、追い立てられるように電話に出る。

「沢村です」

電話に出た看護師の三木谷陽子は、いつもの、ばかに明るい声を出していた。

「秋山和雄さんのインフォームドコンセントのことで、ご家族がお揃《そろ》いになりました」

秋山和雄の手術は明日九時からの予定だ。それはわかっている。でも、手術説明は確か

——俺は日程表をポケットの中にまさぐりながら答えた。

「二時の予定じゃありませんでしたか」

「はい。でもご家族が揃われたもので」

二時なら二時でいいじゃないか。俺はまだ飯を食っていない。

三木谷は若い看護師だ。肉感のある体つきをして、はち切れそうな胸をして、走り回っている。悪気はない。俺が「では予定通り二時に」と言えばいいのだ。准教授の荒井など、予定の時間さえ守らないというのに。それも休憩室で煙草を吸いながら、テレビでゴルフのトーナメントを見ていたりするというのに。

「ではこれから急いで昼食を済ませるので、二十分後に病棟に戻ります。主治医の先生にもその旨《むね》連絡しておいてください」

これで被害は俺に留《とど》まらない。主治医の森岡も「なんで二時じゃないんだ」と心の中で毒づくことだろう。でも矢面《やおもて》に立って悪者にはなりたくない。たとえ森岡くんを巻き添えにしてもだ。

いいんだ。俺は優柔不断なんだ。

三階の病棟から食堂に向かう通路はガラス張りだ。日が明るく差し込んで、このうえなく気持ちいい。

秋山和雄の脳腫瘍は、少し奇妙だった。

普通、腫瘍は、X線フィルムに写る影が、正常細胞のものと濃淡が違う。それなのに、秋山の腫瘍の影は、限りなく正常細胞の作る影に近かった。

ほとんど見極めがつかない。

いや、どう見ても同じに見えるのだ。

正常細胞に近ければ近いほど、X線フィルムに写る影もまた、正常細胞に近い。だから秋山の腫瘍は、かなり正常細胞に近いということになる。

こういう写り方をするものに考えられるのは「過誤腫」だ。誤腫は、正常細胞と異常細胞が混在したような中間的な性質の細胞からできていて、厳密には脳腫瘍とは区別される。X線フィルムから判断できる要素では、秋山和雄の腫瘍はその過誤腫である可能性が高かった。

しかし成人の脳の過誤腫というのは前例がない。

ほとんどが小児にのみ見られ、ほとんどは先天性奇形、もしくは思春期早発症、すなわち性早熟と診断される。それでも世界で六十例程度の報告しかない。

良性、悪性を含めて、何であるかは、頭を開けて腫瘍細胞を取り出し、病理診断にかけてみないとわからなかった。

ただ、それが何であれ、切除しないといけない状態にあることは間違いがない。影から推測できる腫瘍の大きさは直径二センチになっていた。第三脳室そのものが五ミリほどしかない空間なので、かなりの圧迫が起こっている。圧迫だけではない、腫瘍根は髄液の流通を妨げる。それにより脳は内部に髄液をため込むことになる。放っておくと、脳室が拡大し、水頭症《すいとうしょう》になってしまう。

それにしても開けて、もし過誤腫であれば、実に稀《まれ》だ。

論文を書くに値する。

二十分で飯を済ますには、何にするべきかを考えた。

やっぱりうどんか。昨日もうどんだったぞ。では冷麺という手もあるな。とにかく、喰うには麺が早い。そんなことを考えていると、白衣のポケットから、予定表と一緒に郵便物が出てきた。

朝、妻から受けとった。開ける時間がなくて、持ち歩いていた。立ち止まって開けてみた。二カ月前、葬儀に参列した礼状だった。

俺はそのまま立ち止まってしまった。

死亡したのは陸上部の後輩で、消化器外科研修の二年目、まだ二十六歳の医師だった。劇症肝炎患者から採血をするとき、誤って自分の指にその針を刺して感染し、二週間で死んだ。

打ちひしがれた両親を思いだした。

医者といえば人は高収入しか連想しない。この仕事がいかに危険で不潔なものかということに、あまりに認識がない。いい年をした医者が、救急治療室に「うんこ、うんこ、患者のうんこはどこ」と大きな声でいいながら走り込んでくる。「うんこ、うんこだよ、採ってるの、採ってないの、ああ、これか、よかった、あったか、あったか」彼は、患者の便が入ったおまるを見つけると、心底うれしそうに覗《のぞ》き込むのだ。便を調べないことには処置ができないからだ。

飛沫感染で結核に感染した看護師がいる。肝炎に感染して大学を離れざるを得なくなった耳鼻科のドクターもいる。そんな話はごろごろしている。医者の仕事とはそういうものだ。

わかっている。でも実際に死んだら、衝撃を受ける。あわれだと思う。

患者は毎日死んでいく。死に打ちひしがれていては、この仕事はやっていけない。「医師に求められていることは、その死を共に悲しむことではない。できる限りの治療と、治療の領域を広げるための研究なのだ」といつも学生に言っている。でもこういうとき、それは医者に都合のいい理屈なのかもしれないと思う。

確かに患者の死と後輩の死の悲しみは違って当たり前だ。彼は個人的に関わりがあった人間であり、かつ、その死は、医学に対する殉死だったのだから。でもここに不幸にも希《け》有《う》な脳腫瘍に罹《かか》った患者がいて、死んだらその患者の肉親もまた、悲しみにうちひしがれるだろうに、俺は心のどこかでその貴重さを喜んでいる。この矛盾は、先の言葉では埋まらない。

患者を治せない医者は惨《みじ》めだ。若い頃は患者を治せない自分の無力がみじめなのだと思っていた。今では、本当は自負心が傷つくから惨めなんだと囁《ささや》く自分がいる。患者の完治に感じる勝利感は脳腫瘍との戦いに対してであり、その戦いは患者のためではないと。

俺は挨拶《あいさつ》状を深くポケットにねじ込んだ。

手術はチームで行う。二十分後、脳神経外科病棟の面談室に到着した時には、秋山和雄の主治医チームのメンバーがすでに説明の準備を始めていた。

みな聞き分けがいい。二時が一時半になったって、誰も文句を言わない。

秋山和雄の主治医は森岡利信だ。臨床医になって八年になる。三十三になったところだ。昨年脳外科認定医試験に合格して、半年前に関連病院からここに戻ってきた。

患者の前では堂に入った風体だ。眉が太い。その太い眉を寄せると、医者の貫禄《かんろく》がある。でも診察室を一歩出れば、眉が開いてたらりと下がり、緊張感のない顔になる。気のいい出来の悪い三男坊に見える。だから看護師連にもかわいがられる。彼は俺の顔をみると、その三男坊のまなざしで、にっと笑った。

「明日の手術、よろしくお願いします」

彼が研修医の時から知っている。彼の指導医を務めた。臨床医になっても目が離せなくて、世話を焼いた。それで俺には特に、警戒感がない。

森岡の周りを、要領を得ない様子でぎこちなく動き回っている小さい男がいる。研修医の野口淳一だ。秋山和雄のX線フィルムをシャウカステンと呼ばれるフィルム観察用蛍光透過板に並べているのだが、先輩医たちの邪魔にならないように手早く正確にやろうと思うのだろう、ただそれだけのことに、目がものすごく真剣だ。

秋山の手術はこの三人でする。

秋山和雄の両親は他界しているというので、姉の静子が新潟から上京してきていた。どの患者の親族もそうであるように、静子も緊張していた。

脳腫瘍手術についての説明書は五ページほどある。それを示しながら、病状説明をする。三カ月前から徐々に頭痛を自覚。CTスキャンで所見を認め、検査入院。MRI、血管撮影にて第三脳室付近に腫瘍状の影を確認。

「その後、お加減はいかがですか」

秋山ははっきりとした口調で答えた。

「はい。薬を飲み始めてから一度小さなてんかんの発作がありましたが、それだけです。頭痛はずいぶん楽になりました」

朝夕に頭痛を和《やわ》らげる点滴をしている。薬剤は有効に作用しているということだ。野口が納得して一人で頷《うなず》いている。

「脳の内部には、脳脊髄液《のうせきずい》という液体の入っている脳室という場所があるのですが、今回、精密検査により——」そして胸ポケットからポインターをとりだす。秋山が身を乗り出した。

「脳味噌が飛び出す」という言葉がある。素人《しろうと》はその言葉から、脳味噌というのは「ハンバーグ製作過程におけるミンチのような、摑《つか》み所のないぬるぬるしたものが、透明な袋に詰まっているようなもの」であり、「その袋をやぶったらぬるりと流れ出るもの」だと考えがちだが、そうではない。脳は固めの豆腐のようなそれなりの固さを持ち、かつカリフラワーのような固定した形を持っている。カリフラワーの軸に当たる部分が首になる。首から延びたカリフラワー状態の脳味噌は、頭蓋骨《ずがいこつ》という閉鎖空間の中に、ちょうど胎盤の中の胎児のように納まっている。その隙間《すきま》を埋めているものが体液の一種である「髄液」と呼ばれるものだ。すなわちカリフラワー状態の脳味噌は髄液に満たされた頭蓋骨の中に、安全に浮かんでいるのである。

脳味噌に形があるから、その隙間にも一定の形がある。大きな隙間を特に「脳室」という。脳内には大きな脳室が何カ所かある。大きい順に、第一、第二、第三と、名前がついている。第二、第三脳室は左右対称にある。秋山の腫瘍の影は右側、第三脳室付近にあった。

俺はシャウカステンに映っているフィルムの、その部分を指し示した。

「この、第三脳室部分に腫瘤《しゅりゅう》、つまり腫瘍を認めました」

患者は腫瘍という言葉に恐れを抱く。間を置かず畳みかけた。

「ただし、初診の時にもお話ししましたが、腫瘍といってもいろいろあります。最終的には、実際に手術をして、その細胞を取り出し、顕微鏡で調べないとわかりませんが、良性なら、それで終わりです。悪性の場合は、放射線や化学治療などの追加治療をしていくことになります」

秋山は黙って聞いていた。静子がおずおずと聞いた。

「手術は危険なものなんですか？」

「腫瘍を摘出するための通り道になるシルビウス裂《れつ》には静脈や動脈が走っていて、これらを触ることで、血流の変化、たとえば出血や梗塞《こうそく》などの合併症を起こすことがあります。

また秋山さんの場合、腫瘍の場所から、視力障害や、内分泌系ホルモン、特に抗利尿ホルモンのバランスが変化して尿量が多くなることもあり得ます。これらの合併症の危険は二から五パーセントあります。また、もちろん手術には万全を期しますが、全身麻酔を行いますので、手術自身や全身麻酔のストレスにより全身合併症を併発する可能性も、ゼロではありません。脳の手術は、非常に低い確率ですが、生命に関わることもあり得ます」

「悪性の可能性は高いんでしょうか」

「タリウムスペクトという検査がありまして、悪性腫瘍の場合、陽性になりやすいのですが、これは陰性でした。ただ、最終的には細胞を検出して、病理診断という、細胞の検査をしてみないことにはわかりません」

静子の目は、はっきりしてくれと詰め寄るようだ。落ち着いて続ける。

「たとえ腫瘍自身が悪性でないとしても、このまま放っておくと、痙攣《けいれん》の増加や視力障害などの症状が出ます。もっと大きくなれば命に関わります。脳内容量は決まっていて、大きくなりすぎた腫瘍はあらゆるところを圧迫します。中枢神経を圧迫すれば、死に至ります」

静子が思い詰めた声を出す。「結局切らなきゃならないんですね」

「摘出の必要はあると思います」

静子は黙り込んだ。秋山和雄は俯《うつむ》いている。沈黙がある。その沈黙には付き合うしかない。彼の脳の中では今、セロトニンが減少して、すっかりおちこんでいるのかもしれない。いや、アドレナリンが増加して、過度の緊張状態にいるのかもしれない。いずれにしろ医師は、患者がその一時の変調を脱するのを待たねばならない。

しかし突然顔を上げた、その秋山の表情には、なんの内的動揺も映ってはいなかった。停滞も、緊張も。

「先生、手術は先生がするんですよね」

「はい。森岡医師や野口医師も一緒に入りますが、主なところは僕が執刀します」

その目が気になった。吸盤のように、俺の顔に視線を吸いつけている。顔を見る人の顔ではない。強《し》いて言えば、事故現場を見ている人の顔だ。森岡が手術の同意書と輸血の同意書を静子に渡す。静子が会釈《えしゃく》してそれを受けとる。その間も、秋山は俺の顔から目を離すことはなかった。そして突然、言葉を発した。

「眼鏡を――」

俺は問い返した。「はい？」

秋山はしかし、そのうわずった緊張を保ったまま、言葉だけを喉《のど》から滑《すべ》り出させた。

「眼鏡を、かけられた方がいいかと」そしてそこでやっと正気に戻ったように、今度は俺の目を、見つめたのだ。

「思うのです」

なんだか覚えたての日本語を聞くようだ。場が、居心地悪く静まった。秋山ははっとして取り繕《つくろ》った。

「手術の時、先生ってゴーグルみたいな眼鏡をかけますよね。あれって、意味ありますよね。だって」そういうと秋山は突然、心細そうに声を落とした。

「だって患者って、みな病気持ちですものね」

秋山の視線は心底心配そうだった。その時、静子が机の下で弟の膝《ひざ》をぴしゃりと叩くのが見えた。秋山和雄は目を瞬《しばたた》いた。見れば静子は俯いたまま、凍りついたようになっている。秋山和雄は膝を叩かれて、気力が萎《な》えたように俯いた。何かに恥じ入るかのようだった。

彼は俺のことを心配しているのか？

森岡に尋ねた。「秋山さん、感染症はないよね」

成り行きに見入っていた野口が、慌《あわ》てて、しかし正確な口調で答えた。

「はい。採血では感染症の検査は全てネガティブ（陰性）です」

秋山の表情は強張《こわば》ったままだ。そっと尋ねてみた。

「何かありましたか」

秋山は怯《おび》えたように、あわてて答えた。

「いえ。すいません。だったらいいんです」

静子が恐縮して、小さな声で謝った。「時々変わったことを言う子で」

秋山が姉の言葉を受けて、ペコリと頭を下げた。静子は、おずおずと口を開いた。

「どのような手術なんでしょう」

どのような手術。

頭蓋骨を開くという恐怖。

俺は頷くと、病状説明用紙に簡単な図を書き込み始めた。

「手術はこのように、右の側頭部から前頭部にかけて切開して、頭蓋骨を開けます――」

脳はまず、その本体をくも膜《まく》と言われる膜に覆われている。それは大変に薄い。くも膜は丁寧に脳を覆っている。

そのくも膜に覆われた脳を「硬膜《こうまく》」が覆っている。硬膜は薄いキャベツの葉のように、脳全体を丸く包み込んでいる。

そのくも膜と硬膜に包まれた脳を、頭蓋骨が抱えている。その上に頭皮があり、その上に頭髪がある。

手術は、その頭皮をめくり、頭蓋骨を切り取って、硬膜を切り、脳の襞《ひだ》に沿って第三脳室視床下部付近までくも膜を切り裂いて、そこにある腫瘍を切り取る作業である。終われば、くも膜を縫い付け、硬膜も縫い付け、外した頭蓋骨を元通りにかぶせて固定して、頭皮をかぶせて縫い付ける。

脳にはシルビウス裂と呼ばれる、ちょうど手を入れやすい大きな隙間がある。その隙間にそっていけば、確実に脳内を進むことができる。ミスさえしなければ、恐ろしいものではない。

怖いのは誤って脳内を傷つけることだ。それで脳外科手術は顕微鏡を使って行う。天井からクレーンのようにつるされた手術用顕微鏡で覗き込みながら、丁寧にその「道筋」を追い掛けるのである。腫瘍を発見すれば、その一部を採取して病院内にある病理診断部に提出し、性質についての検査結果が返ってくるのを待つ。その間四十分ほどは手術を中断し、脳が乾かないように、もしくは血液が溜《た》まらないように、状態保存に努める。所要時間八時間という手術は珍しくない。

翌日、荒井准教授から電話がかかったのは、秋山和雄の手術の三十分前だった。

中央手術室では、毎朝八時半を過ぎると、入り口に、手術予定の患者を乗せたストレッチャーや車椅子が並ぶ。さながら駐車場待ちの車のようだ。電話を受けた看護師は、受話器を置いたあと、俺に「荒井准教授がお呼びです」と言った。

森岡と野口が顔を上げた。森岡は不審そうであり、野口は不安そうだ。電話を受けた看護師も困惑している。准教授室は八階にある。俺は時計の針を見つめると、踵《きびす》を返して走り出した。ストレッチャーと車椅子でごった返すその隙間を抜けて、エレベーターに飛び乗った。

廊下の両側には、准教授や教授の部屋が並んでいる。通る人はなく、物音一つしない。

脳神経外科准教授室で、荒井は座って待っていた。

「すまないんだけど、今週の日曜の手術監督を代わってもらえないかね」

脳外科手術には監督が立ち会わなければならない。武蔵野医科大学で脳外科の監督ができるのは、俺とこの荒井准教授だけだ。彼のいう、今週の日曜の手術監督を代わるというのは、日曜日に緊急の脳外科手術が入ったならば、自分の代わりに登院して手術に立ち会ってくれということだ。

一瞬、答えに窮した。妻の顔が思い出されたのだ。家族で、電飾で飾られたぬいぐるみの行進を見に行くことになっていたのは、確かその日曜日だ。

「実は今週の日曜日、茨城の高田総合病院に視察に行くことになったんだ。手術の準備で君も忙しい時間だろうとは思ったが、人にものを頼むのに、電話で済ますのもなんだと思ってね」

考えたって同じことだ。だいたい講師は准教授の頼みは断れない。大学病院の身分制度とはそういうものだ。

「お引き受けいたします」

そう言って一礼した。荒井は「助かったよ。悪いね」と一言言って、向こうを向いた。

脳外科のたった二人の手術監督は反りが合わない。俺はいつも荒井の無理を通す。しかし荒井は感謝なんかしてくれない。それどころか、それが当たり前になっていく。

それにしても電話で済ますのが悪いので、自分の部屋まで呼びつけたという理屈は、滑《こっ》稽《けい》を通り越してグロテスクだ。

秋山和雄の手術の時間が迫っていた。急いで手術室に戻った。

看護師が二人、待機していた。

手術室は一見、町の機械工場を思わせる。昔の手術室は手術台に電灯、用具をいれるトレイがあって、点滴用のポールがあるくらいだった。いまでは部屋が、大規模な機械に、それも、専門医でないと何に使うのかもわからないような機械に囲まれている。いろんな科の手術が行われるから、俺にだってわからない機械もある。

壁はスカイブルー一色だ。天井には蛍光灯、部屋の中央には青いマットの手術台がある。そこに、壁側からは麻酔機器のホースが数本延びて、天井からは灰色の手術用顕微鏡がクレーンのように吊るされている。

手術台には秋山和雄が横たわっていた。

全身麻酔により、すでに意識はない。頭部は毛髪を剃《そ》られ、頭部固定器で固定されている。リズミカルな音を立てているのは麻酔器と連動している人工呼吸器だ。麻酔器から延びた蛇管（蛇腹状のホース）が、秋山の口から出ている気管内挿管チューブに連結され、酸素とガス麻酔薬を送り込んでいる。

尿道には尿道バルーンカテーテル、手首には動脈圧モニター用ライン、大腿部の付け根には、中心静脈圧測定と点滴ルートを兼ねたカテーテル。前胸部に心電図モニター、左人差し指に血中酸素飽和度モニター、右腕には血圧測定用の圧迫帯。秋山の心拍と同期して電子音が鳴っている。

「血圧124／78、脈拍86、血中酸素飽和度98パーセント――」看護師の正確な声が響く。この、町工場を思わすものの全てが、誇るべき日本医療の結晶だ。

俺が入室したのに気付いて、野口がペコリと頭を下げた。

森岡は神経質な目をして、頭部皮膚に皮膚切開用のマーキングを施していた。マジックペンのようなもので丸く書くのだ。

「荒井准教授の用事、なんでしたか」

「今週の日曜の手術監督、代わってくれって」

「沢村先生、今週の日曜日、どこかに行く予定じゃなかったんですか?」

俺はキーボードで顕微鏡のナビゲーションを設定した。

「ええ。でも代わりました」

森岡は俺を見た。俺は手術顕微鏡の焦点を調節するために、レンズを覗《のぞ》き込んだ。

森岡の視線には、荒井にいいようにされる俺への同情と、同時に、荒井のわがままをいつも飲むことへの苛立《いらだ》ちが混在している。

三人の医師は手術室を出て手洗い場に向かった。

手洗い場には大きな鏡がある。それに全身を映しながら、マスクの紐《ひも》を引き締める。スイッチを入れると、消毒滅菌水が出てくる。ブラシを使って、三度、肘《ひじ》の上まで丹念に洗う。滅菌タオルで丁寧に拭き、看護助士の手を借りて、手術用ガウンを着用する。手術室に戻ると、手術用の手袋が用意されている。ラテックスゴム製の手袋だ。それに手を通して、手術の準備が始まる。

森岡が秋山の頭部を滅菌シーツで覆っていった。滅菌シーツには、開頭部分に丸く穴が開いている。その滅菌シーツの上から、開頭部に透明なシールを張り付ける。開頭部はちょうど河童《かっぱ》の皿のようになる。

秋山の頭皮内に止血作用のある麻酔薬が注入された。吸引管、電気メスが準備され、三人の医師と二人の看護師が手術台を取り囲んで立った。

「では、開頭は森岡先生、硬膜切開後の顕微鏡手術は僕がやります」

スタッフが声を揃えた。

「よろしくお願いします」

森岡が、十号メスを手に取った。透明シールの上から頭皮を切る。血が滲《にじ》み出た。皮下注射による麻酔薬の止血作用により、出血量は極めて良好。

「午前九時二十五分、手術開始です」

看護師の手術開始時間確認の声で、秋山和雄の手術が始まった。

マーキングした円周に沿って頭皮の四分の三を切ると、頭皮を頭蓋骨から引き剝《は》がす。接触している四分の一から、その頭皮部分をダラリと垂れさせたまま、頭皮の切り口をブロックする。頭蓋骨からはわずかに血が染みでているものの、そこにあるのは、理科室にあるような、頭蓋骨だ。

その頭蓋骨に数カ所、結ぶと円になるように、電気ドリルで穴をあける。穴の大きさは一円玉より少し大きい程度だ。その穴から糸鋸《いとのこ》のような小型の電気ドリルを入れて、穴（穿頭孔《せんとうこう》）を線で結ぶように頭蓋骨を切り離していく。

骨を切るときはきな臭い。細かな骨の粉も飛ぶ。ミニチュアな土木作業だ。

土瓶の蓋《ふた》を開けるように、頭蓋骨を取り外すと、なかには硬膜《こうまく》がしっかりと張っている。硬膜を直接切れば、脳を傷つける可能性がある。

「スピッツメスとフック」

森岡が釣り針のようなフックで、硬膜をほんの少し引っかけた。硬膜がテントのようにわずかに釣り上がる。テント状にとがった硬膜を切るのだ。初めの一刀はメスで。その後は鋏《はさみ》で硬膜を切っていく。森岡が硬膜にメスをいれた。

「アドソン鑷子《せっし》とメッツェンバウム」

森岡が硬膜切開部の一部をピンセット（アドソン鑷子）でつまみ上げた。右手に持った鋏（メッツェンバウム）で、硬膜をなお切り開こうとしていた。

その時奇妙なことに気がついた。硬膜から液がしみ出していたのだ。

髄液はその下のくも膜のまだ下にあるものなので、普通なら硬膜を切っただけでは出て来ない。どうせあとからくも膜も切るのだから、髄液がしみ出していること自体には問題はない。だが切る前からしみ出ているなんてことは初めてだ。

フックで釣る時、くも膜に傷を入れたのだろうか。

そう思いながら顔を寄せた。

その瞬間だった。フックから、引っかけていた硬膜が外れて落ちた。しみ出して溜まっていた髄液が、硬膜に打たれるようにバウンドして、飛んだ。

それは奇妙な感じだった。液体が、弧を描いて落ちていくはずの時、それは全然減速せず、むしろ加速して、ちょうど、伸び上がったように見えたのだ。

真《ま》っ直《す》ぐ俺の目に向かってくる。次の瞬間、それは目に飛び込んでいた。

「あっ」と小さな声を上げた。

「大丈夫ですか」

少し、しみた。大丈夫だと答えて、目を洗いに手術室を出た。

あの奇妙な感じはなんだったのだろう。だいたい、たったあれだけのバウンドで、あんなに飛ぶものだろうか。まるで下から噴射したみたいだったぞ。

その時だった。頭の中に、ぬるりと言葉が姿を現した。

――眼鏡を、かけられた方がいいかと思うのです。

誰の言葉かなんの時の言葉か思い出せない。思い出すのはただ、こちらを見据《みす》える眼光と、その言葉のぎこちなさだけだ。

鏡を見た。

目は、ほんの少し充血していた。俺は鏡の中の自分の目を見つめた。

いまだに、あの時の感触をまるで思い出せない。あの時の感触は、言葉に直して記憶しているだけだ。だから長い間、思い出すこともなかったし、思い出しても、不思議なほど現実感がなかった。

あれを、自分の意識の中から抹消しようとしていたに違いないと思う。

そしてそれを抹消しようとしていたのは、正確にいえば、俺自身であるとは言えなかったかもしれない。

その時脳が縮む感じを受けたのだ。萎縮《いしゅく》するというのだろうか。それとも脳の密度が高まるというのだろうか。同時に頭の芯《しん》がツンとした。それは本当に一瞬だった。そしてその瞬間、鏡に映った自分の瞳孔が拡がったのを見たような気がする。そして無防備に拡がった瞳孔の中に、長い一本の道筋のようなものを見たと、思うのだ。

それは瞳の中を奥へと続く道だった。空洞と言うべきかもしれない。自分の目の中に、永遠に奥まで切り開かれたガラスの道だった。

脳がどくどくと脈打った。脳は脈打ったりしない。脳科学者である俺はそれを誰よりよく理解している。ではこれは、なんと表現すればいいのだ。「脳が脈を打っている」と感じた。そして「脳が興奮している」と感じたのだ。間違った感覚であるに違いない。片手を失った人が、時々、痒《かゆ》くて仕方がないのに掻《か》けないという話を思い出した。なぜ掻けないのかといえば、痒いところが、失った片手のあった場所で、今はなにもない場所だからだ。間違った感覚だ。しかし、確かな感覚なのだ。

目をつぶり、開けた。

そこには自分がいて、背後には見慣れた手術室のドアが映っていた。一瞬の夢が覚《さ》めたように、突然襲ったものも消えていた。

思い違いだ。疲れているのかもしれない。髄液が自分をめがけて飛び込んでくるだなんて。目の中に道がみえただなんて。

手術室に戻らなくてはならなかった。手を洗った。そして再び目を上げた時。

しゅっ

耳の端で音がした。耳の横を弾丸でも飛んだような。扇子《せんす》を振り開いたような。

思わず振り返った。しかし近くには人はいないし、物も落ちてはいない。

奇妙なのは、そのあとだった。さっき感じた不思議な感覚の記憶が頭の中に収まったのだ。あれはなんだったのだろうという感じがない。目の中に道が見えたことが、既成事実として処理されて、そこに不安が伴わない。違和感はするすると流れて消えた。

早く持ち場に戻らなくてはと思った。手を洗い、手洗い場をあとにしようとした。

ただ、なぜだか最後にもう一度ふり返って鏡を見た。あの時ふり返ったのは、間違いなく俺自身の、俺だけの意志だったと思う。あの時、自分の身に受けた何かを感じて、我が身を鏡に見たのだ。

鏡の中の自分が、なんだか少し、遠くに見えた。


秋山和雄の手術は順調に進んだ。

長時間の手術の時には手術室にBGMを流す医者が多い。リラックスして集中できる。顕微鏡手術になって、術者が俺に替わると、看護師がいつものBGMをかけてくれた。今、七号室には軽いボサノバが流れている。接眼レンズから十五倍に拡大されたシルビウス裂が見えた。秋山の前頭葉と側頭は、心電図の電子音に同期して振動を繰り返していた。

やがて視神経と内頸動脈《ないけいどうみゃく》の隙間に脳腫瘍らしき組織が見えた。

手術に使われているナビゲーションシステムは、最新のドイツ製だ。術前に撮影したCTやMRIなどの画像診断情報を取り込み、顕微鏡手術中に、今どこを触っているかを視覚的に把握できる。そのナビゲーションシステムで確認できる腫瘍の輪郭の場所と一致していた。だからこれが問題の腫瘍であることに間違いはないはずだ。

俺は顕微鏡術野の中央に捉《とら》えたその灰白色の組織を困惑して見つめた。

正常脳組織はややベージュがかった灰白色だ。腫瘍は普通ピンク色をしている。その肉塊は、脳と色彩的な違いがなかった。腫瘍というより、部分的に脳が肥大しているだけのように見える。

「沢村先生、過誤腫ってこんな風なものですか」

野口が不審そうに言った。

「僕も実物は初めてなんだ」

とにかく腫瘍の一部を切り取った。

術中迅速病理診断に腫瘍の破片を提出した。そのあと、脳が乾かないように脳表面に生理食塩水に浸した綿シートを張り付けた。それから止血と洗浄を繰り返しながら、返事が戻るのを待った。

インターホンから聞こえた病理診断部からの声もまた、困惑したものだった。

「臨床的診断の第一候補は過誤腫ということですが、過誤腫の場合、腫瘍様の過形成を呈します。でもこのサンプルには腫瘍様の所見がほとんどありません」

皆の手が、止まった。

森岡がインターホンを見つめ、問うた。

「では具体的にはどのような所見なのですか」

「視床下部など間脳系神経細胞の過形成だけです」

森岡が俺の顔を見た。俺は大きな声でインターホンに向かって言った。

「細胞核分裂像や細胞密度の高さなど、悪性腫瘍にみられるような所見はないのですか」

「少なくとも悪性腫瘍を思わせるようなマイトーシス（核分裂像）は認められません。正常間脳神経細胞の細胞数増多が目立つハイパープラジアのみです」

ハイパープラジア――日本語では「過形成」と呼ぶ。正常な細胞がただ数を増やしたものにすぎない。それに、活発に成長して枝分かれしようとする傾向が認められるという、腫瘍様の所見が加えて認められて、過誤腫であると判断される。しかし腫瘍様が認められなければ、過誤腫でさえない。正確に言えば、腫瘍でなかったということになる。

腫瘍でなきゃ、この塊《かたまり》はなんなんだ？

「ディスプラジア（異形成）、アナプラジア（退形成）、ネクローシス（壊死）など、他の悪性所見の混在もないのですか」

「全くありません」

七号室では会話が止《や》んでいた。ボサノバが流れているというのに、心電図の電子音だけがメトロノームのように耳に響く。

「わかりました。念のため、迅速診断の第二便を送りますから、所見をお願いします」

二回目の病理診断所見も、初めと変わらないものだった。

「サイレント・エリアじゃないですよ」

森岡は不安を隠しきれない。サイレント・エリアというのは特に機能を持たないと思われる部位だ。サイレント・エリアでなければ、その部分はなんらかの機能を持っているということになる。そこを切り取れば、個体はその機能を失う。

「でも本来の脳にはこんな突起はないんだ」

もう一度ナビゲーションシステムを確認した。どこからみても、これが問題の部分なのだ。

放っておけば閉塞性水頭症になる。脳室の圧力を軽減するためにも、この肉塊は切り取らなければならない。

「正常構造以外の部分は摘出する」

森岡が頷《うなず》いた。

結局十時間かけて、腫瘍と思われるものを摘出した。

「あれ、なんだったんでしょうね」

手術着を脱ぎながら、森岡が問うた。

「腫瘍様の所見が全然なきゃ、要は脳の一部ってことですよね」

腫瘍や癌《がん》は、細胞にできた奇形腫だ。しかし過形成は本来あるべき細胞のまま、ただ数が増えたものだ。副腎などでは時々見られる。その場合、過形成そのものが悪さをするわけではない。副腎が大きくなると、内分泌機能が過剰になり、結果、体内バランスを狂わせるだけだ。

「脳の過形成なんて、聞いたことありませんよね」

場所は間脳付近だった。正確には視床下部。過誤腫でないとすれば、視床下部の脳の一部が増大していたということになる。

脳の奇形——奇形の脳。もしくは脳機能の過剰。

「一定の容積内で過形成が起きたら、そりゃ圧迫するよな」

「そういう問題ではないでしょう。あれは脳だったんだろうかと、僕は考えているんです」

「脳が突然あんなふうに体積を増やすだなんて、聞いたことがあるかい？」

森岡は黙った。

「切らなきゃならなくなっていたんだ。遅かれ早かれ脳室にあの塊は入りきらなくなる」

そうですよねと森岡もつぶやいた。

まだ医学がそんなに進歩していなかった時代の記事に、天才と呼ばれた人たちの脳の重さを量って比べてみたというのがあった。賢い人の脳は大きいとか重いんじゃないかとは、誰でも思うことだ。脳は知能と知識と感情の収納庫なのだから、大きけりゃたくさん収納できるだろうと思う。だから大まじめにそんな記事が載る。結果は「大差はない」とのことで、誰だったか忘れたが、平均より軽い天才もいた。子供のころそれを読んで、脳の重さで賢さは変わらないのだと感心し、同時になぜかがっかりしたものだ。それにしても本当に脳を取り出して重さを量ったのだろうか。家族は了解したのだろうか。だいたい、違う時代に死亡しているはずなんだけど、そんな実験をしようと思い立って、できるものなのかしら。天才たちの脳の体積と重さを比べたというあの記事。白黒の写真で、口髭《くちひげ》をつけた学者風の男が秤《はかり》を横に座っていた。いまとなっては極めてうさん臭い。

とにかく、現代医学では脳が一定以上に発達すれば、それは不要物として取り除かれる運命にある。

「成長解析にかけてみるよ。免疫組織学から分析をかけたら、何かわかるかもしれない」

森岡は、切ったものが脳だったのかもしれないということに、いまだ漠然と不安を感じている。わからないことがあると、研修医時代の癖が出る。なんでも俺に答えを求めてくる。娘が一歳を超えた頃、なんでお米は丸いのと聞かれて、困った。ネズミさんが角を囓《かじ》ったからだよと答えて、あとで妻に叱られた。森岡は、あの時の娘に似ている。もう一度、どう理解すればいいんですかと聞いてきたので、しかたなく、人体は謎だと答えておいた。

秋山が目を覚ますまで気が気でなかった。秋山が覚醒したというので、森岡と一緒に集中治療室に急いだものだ。野口もそのあとを走ってきた。

ペンライトで瞳孔径や対光反射を確認した。異常は認められない。血圧、脈拍も穏当だ。秋山の手を取った。「右手を握ってみてください」

ただでさえ岩のような顔がむくんで、大きな卵のようになっている。秋山は右手を握り返した。

指示を受けて、同じく左手も握り返した。

それを見て、野口は顔を真っ赤にして喜んだ。俺を見て、森岡を見て、そして岩のような秋山の顔を見る。歓喜と興奮で落ち着かない。

一番緊張していたのは、研修医の野口だったかもしれない。

姉の静子は感涙して、何度も礼を言った。いつものことながら、困る。脳を開くこと自体は、慣れればミニチュアな土木工事とお針仕事だ。大したことではない。

ところが静子はＩＣＵを出た俺を追い掛けてきた。

おろおろとまつわりつくようなのだ。ただ礼を言いたいだけでもなさそうだ。しかたなく廊下沿いにあるベンチに静子をいざなった。前を医者や看護師や見舞い客が行き過ぎる。並んで座って、彼女はやっと話し始めた。

「弟はなんといいますか……時々奇妙なことを言います。気の小さい素直な子で、素直過ぎるほどなんですけど。それが崇《たた》って独り者なんです」

秋山は、一見強面《こわもて》だ。ぎょろ目で、眉が薄く、いかつい。それが、抑圧されて生きてきた人間にありがちの、身をすくめて、下から、顔色を観察するような目つきで相手を見るものだから、喧嘩腰《けんかごし》に見える。大別するなら、女性が好むタイプではない。それを素直すぎるから結婚ができないと理解している。肉親というのはありがたいものだ。

「結婚なんて、縁ですから」

その時静子は「いいえ」と、遮《さえぎ》るように目を上げた。そして俺をしかと見上げたのだ。

「そうではないんです」

それからあわてて顔を伏せると、それきりまた、黙り込んだ。気を取り直すようにちょっと息を吸い、また顔を上げた。

「弟はよくものを言い当てるんです。電話口で、今から買い物に出掛けるって言いましたら、『ねえちゃん、その店はもう閉店しているから、無駄足だよ』って言うんです。行ってみたら、本当に閉店していたり。両親が死ぬ時も……」と静子は言葉を止めた。

その所作の一つ一つが気を引いた。言っていることと、言いたいことの間に隔たりがあり、それを察してもらおうとしているような具合なのだ。それが苛立《いらだ》つような、気になるような。

そのときだった。すっとんきょうに言い放たれた言葉を思い出した。

——眼鏡を、かけられた方がいいかと思うのです。

静子が続きを話し始めていた。

「両親は車に乗っていて、踏切り事故で死んだのですが、弟から電話がかかってまいりまして、電話の向こうで、弟は『踏切り、踏切り、ねえちゃん、踏切り』と、興奮して繰り返すんです。そのあとでした。両親が踏切り事故を起こしたって警察から連絡があったのは。あとで聞きましたら、事故の時間が、弟から電話がかかる直前だったんです」

そして俺を、ちょっと見上げた。

「お医者様はこういう話はお嫌いなんでしょうね」

三十分後には会議があり、準備ができていなかった。でもその時、やっと、あの言葉が何であったのかを思い出したのだ。

——眼鏡を、かけられた方がいいかと思うのです。

あれは秋山和雄が俺に言った言葉だということ。

非科学的なことは嫌いだ。占いも、心霊現象も信じない。ないと断言する気はない。でも、少なくとも、ないと心得て生活するのが現代人の良識だと思っている。だから、秋山の言葉を思い出して、静子との会話を切り上げられなくなっている自分に、少し狼狽《ろうばい》した。

秋山和雄は、手術中に目に髄液が飛び込むということを、予見していたとでもいうのだろうか。そしてそれが、秋山にそれほど気がかりなことなんだろうか。

世間話の体を装って、答えた。

「ええ、まあ。確かに世の中には勘のいい人もいますね」

静子は頷いた。

「いつだったか、電車の座席に置き捨てられていた英語の新聞を見ているんです。まるで読んでいるみたいに。それも株式の欄を。弟は中学しか出ていません。英語の新聞なんか読めるはずがない。それなのに、新聞を捲《めく》って、時々笑ったりしているんです。見終えると、ポンと座席の上に置いて、見向きもしない。もともとは肉が好きだったのに、東京に来てから、肉が喰えないって言い出して。まったく食べなくなっていました」

そして俺の顔を見た。「それも脳腫瘍が障《さわ》っていたんでしょうか」

「それは――」

無邪気さと言おうか、無知さと言おうか。そういうものを突然、眼前につき出されて、態勢を整えるのにしばし時間がいる。

「それは脳腫瘍とは関係ないと思います。嗜好《しこう》は年齢とともに変わりますし、新聞の件はちょっとふざけてみたんじゃないですか？」

しかし静子は笑わなかった。

「弟が妙に先生の事を気にするんです」

なんだか奇妙な具合だった。しかたなく、答えた。

「ちょっと目に何か入ったんですよ。秋山さんのご忠告通りに眼鏡をかけておけばよかった。でも、秋山さんには感染症はありませんから、全然心配ないんです。ご心配なくとお伝えください」

そういうと、立ち上がった。静子はそれを見てあわてて立ち上がり、一礼した。

廊下を歩きながら考えていた。自覚していたかどうかはともかく、彼女は間違いなく、弟に予知能力があるということを伝えにきたのだ。

ガラス張りの通路には陽が降り注いでいた。自分の講師室に向かうために、エレベーターに乗る。初めて見た時の秋山を思い出していた。洗い晒しのジャージを穿いて、学生用の白靴下はゴムが延びていた。

そんな能力があるというなら、競馬を当てて、大金持ちになればいいではないか。宝くじの当たりを買い続ければいいではないか。

予知というのは、いま現在すでに未来が決定されているという前提であるものだ。未来が、ビデオに撮ってあるように、あるということだ。たとえば俺が、いまから何分後に誰と廊下ですれ違うかということまで、すでに決まっている。じゃあ俺と廊下ですれ違った人間も、そこを通り掛かったのは必然だということになる。人間の意志や選択は、あると思い込んでいるだけで、現実にはなく、すでにある未来に向けて、あらゆる人間は動いているということになる。

録画された通りに。

まだ高校生だった頃、「いまあたしがここにいるというのが動かしがたい事実なんだから、父と母は偶然会ったのではなくて、父と母は会う必然にあったということよ」と、かわいい女の子が言った。かわいい女の子が真剣なまなざしで難しそうなことを言うのをみていると、かわいさが倍増して破壊的なかわいさになる。親が会わなきゃあたしはいない。あたしがいるということは親が会ったということ。親が会うことも、もっと前、たとえば親が子供の時からいえば未来のことだけど、あたしという人間が存在している限り親が会ったのは必然なんだから、あたしの父と母が子供の頃から、あたしの父と母が会うという未来は必然であり、「だから未来は決まっているのよ」

彼女が言うとなんでもかわいく聞こえた。だから大して考えもせず「うん、そうだよね」と言下に答えた。でもあれは間違いだ。彼女がそこにいたのは偶然だ。親が会わなきゃ彼女はいない。彼女は偶然の産物であり、彼女がそこにいることを生み出すために地球が回っているわけじゃない。俺はあの瞬間、彼女と二人で並んで歩くという時間を持つことができたというその「偶然」に感謝していたことになる。

いや、静子が言ったことは、予知だろうか。遠くで現在起きていることを、見えるはずがないのに知っていたということではないのか。でも手術中のことがわかったというなら、まあ、予知だな。

眼鏡を、かけられた方がいいかと思うのです。

ぼんやりと、彼は何を見たのだろうかと考えている自分を自覚する。俺の顔を見つめているような、そのくせその向こうを見ていたような秋山和雄のあの視線。

だから未来は決まっているのよ——かわいい彼女はそう言った。もし未来を知ることができたら、結婚なんてできないものかな。未来とはいわないまでも、もし自分がいない場所のことが見えたら、できないのかな。

確かに、妻の不倫が見えたらかなわないなと思い付いたところで、講師室の前にたどり着いた。ドアのノブを握り、ドアを向こうに押しやり、開ける。


でもその能力も、消えるさ。


一瞬、狐につままれたような気がした。

今のはなんだ。

俺は、はっきりと「その能力も消えるさ」と思った。その能力っていうのは特殊能力のことだ。なぜなら秋山和雄に特殊能力があると、姉の静子が言い、それについて考えていたのだから。彼が孤独なのは、多分、その能力のせいだろうと、ぼんやりと考えていたような気がする。秋山のことを考えるのをやめようとした時、それはあたかも、何度も体験したことのように浮かんだ。

いや。

聞こえたのだ。

俺は思わずあたりを見回した。自分がどこか全然別の場所にいるのではないかと、一瞬思ったのだ。しかしそこはいつもの講師室だ。資料が雑然と積み上げられている、自分の講師室の真ん前でただ、自分が立ちすくんでいるだけだ。

窓から真夏の日差しが差し込んでいる、いつもの午後があるだけだ。

その日、秋山から採取した脳組織に特殊染色を施した。

遅くに森岡が報告に来た。秋山和雄は、頭部CT再検査にも異常はなく、明日には集中治療室から一般病棟に移すということだった。


その夜、壮大な夢を見た。

地球が回転していた。たぶん、昔テレビで見た、宇宙飛行士が宇宙から見た地球の映像だと思う。青くて綺麗な地球だ。ただ違うのは、地球が、回転しているのだ。見る間に一回転している。ぐる、ぐると回る地球を、俺が見ている。アメリカ大陸だろう、三角形の大陸が、そのたびに回ってくる。

満艦飾《まんかんしょく》だ。美しいというより、グロテスクだ。色が、ただの色でなく、生き物のようなのだ。クレヨンや絵の具で表現された「色」というものとは別の、色でしか認識できない存在のように見える。

ぐるぐると回りながら、真っ白に凍りついた。それでも回っていた。それから、燃えきった灰のような色になる。やがて地球のてっぺんが、割れた。そこから、噛《か》み終わったガムを吐き出すように、カケラがポンと宇宙に吐き出された。それでも回っている。回るたびに、割れ目が大きくなっていた。割れたところから崩れるようにカケラが宇宙に放出された。別のところ——地球の脇腹から、また、ガムを吐き出すようにカケラが噴出して、新たな割れ目ができた。

あとは早かった。回転しながらばらばらになっていく。焼け残りの炭のように、いや、熟した無花果《いちじく》の実のように、中は赤かった。中心部が露《あら》わになると、時々真っ赤な火の粉が垂直に高く飛んで、輪を描いて自分を吐き出した場所へと戻っていく。

灰のような色になってさえ、美しい。背景の空間は黒い。でもそれは、やっぱりクレヨンや絵の具の黒とは違う。闇とも違う。黒と映るのでなく、「なにもない」と映る。無だ。その無の黒と、燃え尽きたような灰と、浮かぶカケラと、時折上がる筋を引く赤い光と。中心部の赤い熾《おき》は、奇妙に哀れだ。自分の母体がなくなっていくことに気づかず、むき出しにされて、なすすべもない。そして回転が止まった。

地球は、ぼろぼろに壊れた塊になった。

俺は目が覚めたあと、なぜその夢がそれほど壮大に思えたのかを考えた。音もない。大した変化もない。気分を害したり、恐怖を感じる要素もない。

たぶん、あの生々しい色だ。それが、本当にあったことを見ているような気にさせたのだ。

地球の崩壊までを観察したような気になった。

とても壮大な夢だった。

二

日曜日が来た。遊園地へ行くと約束をした日だ。空は晴れ上がっていた。

娘に、ベッドの上に飛び乗られて目覚めを迎えた。

「パパ、絶対スペースライダーに乗ろうね！」

「うん、絶対に、乗ろう」

ここで、スペースライダーとはなにかなんて考えるのは無粋というものだ。だいたい、今日はたとえ「ぬいぐるみと一緒に踊ろうね」といわれたって付き合うつもりでいるのだから、スペースライダーなんか恐れるに足らずだ。

荒井から監督代行を頼まれていることは昨夜妻に告げていた。でも緊急手術があるとは限らない。ないかもしれない。天気はよくて、娘はその気になっている。なに、手術が入っても、車を飛ばせば間に合うさ。

遊園地行きを決行することにした。

娘はぴょんぴょん飛び跳ねた。

開園前に着いていた。入場口で開園を待つ。門が開くと、水門が開いたように、人が会場へとなだれ込んだ。もちろん俺たち三人も押し流されるようにゲートを通過。ちょっとした「狂乱」だ。

到着した遊園地は巨大だ。昔、遊園地という言葉には、父と母と優しい楽しさを連想する、温かみがあった。遊園地が膝《ひざ》を折り、目を合わせて「おとぎの国へようこそ」と言ってくれた。そこにある楽しさは「不気味さ」と隣り合わせだったような気がする。メリーゴーラゥンドは楽しげに回るのに、木馬には表情がない。それはピエロがひょうきんに動くのに、目が冷たいことに少し似ている。紛《まが》い物《もの》の楽しさ。ネジ仕掛けの楽しさ。ネジが切れた時には、そこにはなんだか魔物がいるような気がする。だから父と母がいないと、怖い場所でもあったのだ。

ここには「おとぎ」の持つ魔術は、ない。ただパビリオンがあるだけだ。まるでパビリオンのある公園だ。そこに人がひしめいている。

こんなものを珍しがって、わざわざ休みの日に金まで払ってやってくる、この人たちの気がしれない。どう楽しんだらよいのかわからなくて、ただ妻と子に付いて歩いた。

しかしそれもすぐに慣れた。

晴天だった。頭の上から太陽が降り注ぐ。いかに勤務が過酷だろうと、病院にいてこんな目にあうことはない。その上空気が病院の中のものとはまるで質が違うのだ。歩いているだけで、体に溜《た》まっているその清潔で聞き分けのいい空気を追い出して、真夏の粗《あら》い空気が侵入してくる。その乱暴さがなぜだか心地《ここち》よくなってきたのだ。夜までいたらやみつきになるかもしれない。

ここに至って、おかしいのはここに寄り合って巨大テーマパークを楽しめる人々ではなく、楽しめない自分なのだと思い付く。

脳を調べるのは楽しい。臨床医、研究医、教官の三つを生活に取り込んで、この上なく充実している。しかし家の掃除を手伝ったことも、妻との買い物を楽しんだこともない。歩く時「散歩」の認識はなく、それは移動であり、時々、通勤路にある桜の花が散りかけているのを見て、その桜が満開だった時を思い出そうとするのに、まるで記憶がない。それはもしかしたら不幸な人生かもしれないと、こういう時に思うのだ。

『身長制限百三十センチ以上』の乗り物に八歳の娘が乗りこむのを見て娘の身長が百三十センチ以上あることを知った。

こういう男が、定年後、妻に三行半《みくだりはん》をつきつけられるんだよな。

昼食にはイタリアンレストランに入った。「スパゲティは何にしよう」と言うと、絵里香が「パパ、スパゲティじゃなくて、パスタっていうんだよ」と言った。俺は「パスタ、パスタ、パスタ」と三回練習した。それを見て絵里香はげらげらと声を上げて笑った。だからあと五回、言ってやった。娘は息ができないほど笑った。

「それにしても、荒井准教授ってほんとにあなたを顎《あご》で使うわね。何様のつもりかしら」

「准教授様のつもりさ」

隣で「パパは講師！」と絵里香が叫んでいる。

病院の中の序列は絶対だ。

「でも荒井さん、我が物顔にもほどがあるんじゃないかしら」と妻が言う。

上司である荒井のことは、妻にしか愚痴は言えない。だから何気なくを装って荒井の横暴を聞かせる。妻が憤慨《ふんがい》してくれると胸がすく。

「この前も手術監督のオンコールを押しつけられて。温泉旅行もそれで駄目になったんじゃない」

わが愛妻は常に俺の味方だ。それがうれしい。

でも、次の瞬間、妻の目がキラと光って俺を見据《みす》えた。

「なんであなたはそう、なんでも断れないのかしらね」

——わが賢妻はいつも正しい。

絵里香が横手から問うた。「オンコールって、何？」

妻が答えた。「手術のあいだに何かあったら、呼び出されて、手術をしている人に、どうすればいいか教える、その当番のこと」

今日の当直医は江崎と清水だ。江崎は若いが脳神経外科認定医の資格を持ち、公立救急医療センターで経験も積んでいる。清水も脳外科医になって五年目だ。まあ、今日一日、呼び出されるようなことはあるま——

そのときだった。

耳にシャッという音がした。

なんと表現したらいいのだろうか。二つ折りにした紙に定規を当てて、一気に二つに切る時の音。朽《く》ちたさらし木綿《もめん》の布を勢いよく手で引き裂く時の音。そんな音だ。そして頭の中に清水が立ったのだ。

清水は白衣を着ている。そして下を向いている。神経質な横顔をしていた。手には受話器、視線の先にあるのは電話機。背後には机、カルテ、シャウカステン。清水はまるで俺なんかに気がつかない。彼は受話器を上げた。清水の後ろを、看護師たちが、ナースシューズを鳴らして慌《あわ》ただしく動いていた。ストレッチャーが見えた。乗っているのは女――

清水が消えた。

全ての画像が、消え去った。

聞こえて来たのはレストランの雑音だ。虫が蠢《うごめ》いているような、騒音。俺は遊園地のレストランの中にいて、前では妻と子は真剣なまなざしでメニューを吟味《ぎんみ》している。

妻が顔を上げた。

「どうかした？」

「――いや」

知らず取り繕《つくろ》っていた。

「なんでもない。呼ばれてもここからなら四十分で登院できるから大丈夫だなんてね。そんなことを考えていたのさ」

妻はちょっと俺の顔を見ていたが、コーヒーにするか、紅茶にするかと問うた。あたしはエスプレッソにするわ。すると絵里香が、あたしはレッドオレンジジュース、と勢いよく答えた。俺も負けじと「じゃ、パパも、コーヒーじゃなくてエスプレッソ」と言った。妻が笑った。なぜ笑われたのかはわからなかったが、幸せな気分になった。

絵里香が窓の向こうを指さして、声を上げた。

「あ！」

絵里香の指さした生け垣には、人が集まり始めていた。もうすぐパレードが始まるのだ。

病院から携帯電話が鳴ったのはそのときだった。

レストランの外に出ると、人込みを避けて通話ボタンを押す。

「沢村です」

――当直の江崎先生にお繋《つな》ぎします。しばらくお待ちください。

江崎に繋がった。足音、衣擦《きぬず》れの音、ドアの開閉音。その間を縫って聞こえてくるのは心電図モニターの電子音と看護師の声だ。

「沢村先生、お休みのところ、すいません。SAH（くも膜下出血）の手術がはいります。手術監督をお願いします。五十六歳の女性で、破裂脳動脈瘤《のうどうみゃくりゅう》です。グレードはⅢ《スリー》。発症は午前八時ごろで、自宅トイレで突然の頭痛後、意識障害をきたしています。初診は自宅近くの病院。先程転送されてきました。すでに血圧安定のための六時間は経過していますので、二時からアンギオ（脳血管撮影）にはいります」

くも膜下出血は出血したあと、ほとんどの場合、血管は数秒で小さなかさぶたを作り、自主止血する。その後六時間以内が、再出血の確率が高いとされる。そのため、初発出血後、できれば六時間は触らずに安静を保つのがよいとされている。患者はその六時間をすでに経過し、安定したため、手術の準備に入っているということだ。

アンギオに四十分はかかる。

「わかりました。いまから向かいます。四十分あれば着くから。何かあれば携帯に直接電話してください」

不意に、受話器を摑《つか》んだ清水の姿が思い出された。

慌ただしい看護師の動きと電話を上げる清水。うつむき加減の彼は右手で受話器を握り、視線の先には電話機があった。

瞬間、電話を切ろうとしている江崎を引き止めた。

「いま連絡を要請したの、江崎先生ですか」

江崎は「えっ」と問い返した。ややあって、答えた。

「いえ、清水先生です」

江崎は「どうかしましたか」と尋ねる。それを「いや」と振り切った。

「なんでもないんです。すぐ向かいます」

オンコールのことが気になっていた。そこに偶然、呼び出しが重なっただけだ。そう思った。でもそれならばなぜ清水を見たりしたんだろう。

立ち止まり、考え込んだ。すぐにもっと深刻な問題に気がついた。

そうだ。妻と子への言い訳が待っている。二人はレストランで、レッドオレンジジュースとエスプレッソを前に座っているのだ。

二時に手術準備に取りかかる患者がいるということは、午前十時頃にはその患者は病院に搬入されていたはずだ。緊急手術が入っていることがわかっていたら出かけなかったのに。

人込みの中で一人溜息《ためいき》をついた。

オンコールの日に出掛けた自分が悪いのだ。手術監督は呼び出されることを前提にその日を過ごさなければならない。病院スタッフは自宅待機しているものと考えて、段取りの整ったあとに連絡をしてきただけ。

交代を請け負った以上、呼び出されて困るようなことはしてはならなかったのだ。

俺の顔を見て、妻は事態を察知したようだった。優しげな眼差《まなざ》しに変わった。俺の心中を察して、気づかっているのかもしれない。それともただ、あっさり諦《あきら》めをつけたのかもしれない。しかし娘は――

娘の眉根《まゆね》にはすでに皺《しわ》が寄っている。

「ごめんね。患者さんをみに、病院に戻らないといけない」

娘はこういうことには慣れていた。お楽しみの途中に父親がお仕事に戻っていくということ。それは「ピクニックの途中で雨が降り出すこと」と同じで、耐えがたいことだが、どうにもならない。それでも健気《けなげ》に一縷《いちる》の望みをかけている。

「夜には戻ってこられる？　夜のパレード、一緒に見られる？」

そして懸命に言い募った。

「夜のパレードの方が綺麗《きれい》なんだよ！」

手術は夕方からになる。そして終わるのは夜中だ。娘にかけてやる言葉もなくて、頭を撫《な》でた。

「うん。でもパパはまた今度だ」

妻が娘の手を取って、黙って引き離した。

パレードを見ようとする人々の作る人垣は、時間を追うごとに大きくなっていた。妻と子はその人だかりの端に立つ。絵里香がこちらに向けてバイバイと手を振った。小さな手が、右に左に揺れた。

駐車場は見渡す限り、車で埋められていた。しばらくはお役御免になると決め込んで、集団で惰眠《だみん》している。俺の車だけが、無理やり揺り起こされる。

駐車場から国道に出た所で、遊園地の場内から軽快な音楽が聞こえた。パレードが始まったのだ。

気落ちした絵里香を思い出した。患者さんはね、パパがいないと死んでしまうかもしれないのよ――母親の言葉にしぶしぶ頷《うなず》いた、その不機嫌な顔を。

その時再び、シャッと音がした。

身構える暇もなかった。音と同時に頭の中には絵里香がいた。

絵里香は、頭を低くして突進するように、人込みを前へ前へと進んでいた。仲の良さそうな若いカップルが、強引に割り込もうとしている女の子に気がついて、足をずらせて場所をあけた。おそろいのブルージーンズを穿《は》いたカップルだ。女性はかかとの低いピンクの靴を履き、男性は、穴だらけのズボンを腰で穿いている。女性はそのピンクの靴を慎重に上げて、絵里香を行き過ごさせようとする。妻の由紀子が申し訳なさそうに会釈《えしゃく》した。絵里香が、立ち止まり、母親をふり返る。

妻は遠く広場を見やった。場内でもらった団扇《うちわ》を眉の高さに置いて、影を作っていた。白いスラックスにピンクの小振りのTシャツを着て、妻は眩《まぶ》しそうに目を細めた。団扇を持つ指の先から、陽炎《かげろう》が、たっていた。

これは会場に残した由紀子と絵里香だ。

なぜこんなものが見えるのだ――

画像は消えた。病院へ行かなければならなかった。俺は不可解なまま、病院へと車を走らせていた。

患者氏名は中屋朝子。

血管撮影室では、操作室が、放射線遮断ガラス越しに見える。患者は、呼吸器をつけた顎の下までシートで覆われて、横になっていた。清水と江崎はモニターを見ながら操作を行っていた。

カテーテルと呼ばれる細い管を、太股《ふともも》の付け根から動脈の中に入れていく。脳に通じる動脈の中までいれるのだ。そこへ造影液を注入すると、造影液は脳内の血管に流れ込み、脳の血管がフィルムに写る。

放射線技師の近藤が説明を始めた。

「両側の頸動脈撮影が終わり、最後の椎骨《ついこつ》動脈撮影に入っています。動脈瘤は前交通動脈瘤、おおむね二週間前のMRAの所見通りですが、ずいぶん大きいようにも見えます」

「二週間前のMRA?」

「ええ。この患者は荒井准教授の担当で、外来で二週間前に未破裂脳動脈瘤がみつかり、近日中に検査目的入院の予定だったんです」

「動脈瘤のサイズは計りましたか」

するとは。

「七ミリです」

「運が悪いな」

確かに五ミリ以上の脳動脈瘤には破裂の可能性はある。しかしそもそも一センチ未満のものが破裂する確率は、年間ゼロコンマ五から二パーセントだ。それが検査の直前に破裂するとは。

血管撮影室内から江崎が出て来た。痩《や》せて背の高い、色の白い男だ。白いと言っても、美肌ではない。アトピーとか、春の皮膚炎なんかには一番にやられるだろうと思われるような、カサつく白さだ。眉も細いし、その色も薄い。それで目も細くて、心持ち吊っているから、髭《ひげ》を書いたら稲荷《いなり》の狐になりそうだ。白衣を着ていなかったら、怖いお兄さんにも見える。闇夜に立てば、さしずめ白お化けだ。でも喋《しゃべ》ると、優しくて繊細な人柄が、その狐のような目から滲《にじ》み出る。

「日曜日にご苦労さまです。今、消化器外科のアッペ（急性虫垂炎）が入ってますが、五時には手術室が使えるそうです」

ガラスの向こうでは造影剤の注入が始まっていた。造影剤自動注入器が低く唸《うな》り、モニター上には患者の脳血管が流れるように現れた。

「江崎先生、エーコム（脳動脈瘤《のうどうみゃくりゅう》）のクリッピング、やる？」

脳動脈瘤というのは、脳内の血管が膨らんで瘤《こぶ》状になったものだ。瘤になった部分の血管は風船のように薄くなっている。そこが裂けたのが「脳動脈瘤破裂」だ。手術は、その膨らんだ根元を、一コンマ五センチほどのクリップで止めるものだ。顕微鏡手術である。瘤は、血が流れ込まなくなって萎《しぼ》んでしまう。クリップはそのまま脳内に残して閉じる。残ったクリップが人体に悪さをしたり、それが原因で脳に傷がつくということはない。

江崎の顔が上気して、その白い顔に赤みがさした。

江崎は神経質な男だ。人見知りで、簡単に人と馴染《なじ》めない。研修医時代、仕事はよく覚えたし、手先が器用な上に、とても慎重に仕事を処理するので、役にたった。でも仕事以外の時にはどことなく心細そうにしていた。それが不憫《ふびん》に見えたのだと思う。たぶん、それで彼によく話しかけていたのだろう。気がつくと、彼は俺の顔をみると人懐っこく寄ってくるようになった。そのうち仕事を通じて人と打ち解けることを覚えた。だから、江崎は印象深い後輩医だ。

外科医は手術数をカウントされて実績とされる。その上、続けていないと腕はすぐになまる。だから俺だって、できることなら手術を人に回したくはない。でも大学病院は医者を育てるところでもあり、講師というのは教育者なのだ。明日の外科医療のために後進の医師を育てるというのも大学病院に籍を置く者の務めだと教育されたし、自身もそうやって先輩医から育ててもらった。

江崎はクリッピングをやれると聞くと、俄然《がぜん》張り切って撮影室内に戻って行った。

荒井准教授は人に術者の席を譲らない。十分な経験を積み、もはや確固たる技量を手に入れているというのに、それでも渡そうとはしない。三度の飯より人の頭を切り開くのが好きなのだ。仲間内では『サド侯爵』と呼ばれている。お気に入りのクラシック音楽を手術室に響かせて人の頭にメスを入れる。それをみると、カーレーサーがレースに陶酔するさまを連想してしまう。

腕はいい。たった一つの自分の頭を託すのだから、患者は何を曲げても腕のいい術者にかかりたいと思うだろう。でもだからといって腕のいい術者に手術を集中させると、外科全体で考えれば手術能力は低下する。それを考えると、一人で手術を片づけては名医の名をほしいままにする荒井に腹が立つ。

腹を立てるほど虚《むな》しいのだ。それは、あの荒井をこの大学病院に呼び込んだのは他でもない、村田教授だからだ。

荒井は村田の後輩に当たる。村田が荒井を側近に置くことについて多くの関係者は、学閥的発想によるものだと思っている。でも事実は違う。

村田は人格者であり立派な研究者だ。俺に研究課題までくれた。ただ、村田は、ミニチュアな土木作業とお針仕事が得意ではないのだ。早い話が、彼は、脳外科手術が苦手な脳外科教授なのである。

手術のうまい人間が、メスと消毒薬と糸と針だけを持たされたって、人命は救えない。車がありドライバーがいても目的地までたどり着けないのと同じだ。地図がいる。村田は研究し、論文を書くことで脳外科医療を切り開いてきた。しかし地図があっても、ドライバーと車がなければ、決して目的地までは辿《たど》りつけない。脳手術に取り憑《つ》かれた荒井を敢《あ》えて医局に呼びこんだのには、そんな村田の事情があった。

村田は教授である自分に欠けている手術技能を、荒井で補った。だから極端に言えば、荒井が人格を問われることはない。彼は「肩から先」を必要とされて、この病院の准教授職を得たのだから。そして荒井の人格を批判することは、ひるがえって言えば、村田の、その「欠落部分」――すなわち村田の「肩から先」を攻撃するのと同じなのだ。

荒井を批判すれば、苦しむのは村田教授。それは、まるで人質を取られている気分だ。

そこまで考えて、肩をいからせている自分に気がついた。

ふうとため息をついて、肩の力を抜いた。

自分が必要以上に荒井に敵対心を持っていると思う。それは、荒井が、俺のことを快く思っていないことを、なんとなく感じるからだ。そして村田教授が退官したあと、荒井が教授に昇格するのは決まったようなことであり、そのときには荒井が俺を冷遇するだろうと、思うからだ。

ガラスの向こうで一心に作業をしている江崎を見ながら思う。あの時代は楽しかったと。妻は、荒井とのことについて、非は、半分は俺にあると言う。あなたは、傷つけてくださいと首を出して、傷つけられたと泣いて帰って来るようなもの。言いたいことがあれば言えばいいでしょう。

我が賢妻は、現場にいないからそんなこぎれいなことが言えるのだ――

中屋朝子について、荒井に経緯を報告しておこうと思った。自分の患者を勝手に手術をしたと言われてはかなわない。あいつは俺が相手なら何を言ってもいいと思っているのだから。

荒井の携帯電話を鳴らした。エリア外か電源がオフであるとのアナウンスが流れた。しかたがないので直接高田総合病院にかけることにした。

――村田教授は万事よく理解している。そして自分は、何よりその村田の愛弟子《まなでし》だ。荒井が教授に昇格した時には、彼がなんとか考えてくれる。だから大丈夫だ。

押し間違わないように、携帯電話の小さなボタンを見つめる。そのときだった。

またシャッと音がしたのだ。

乾いた、頬《ほお》をかすって何かが飛び去るような音。

身の竦《すく》む暇も与えず、頭の中に画像が広がった。透明なセルロイドに油性のマジックで描いたような、透明感のある、硬質な画像。その平面的な画像が、みるみるうちに、立体感を持つ。

そこは葬祭場だった。

喪服姿の人間が多くいる。背の高い青年が黒縁の写真を胸に抱いて、うなだれていた。見覚えのない青年だった。しかしその参列者の中に、森岡の顔がある。清水がいて、三木谷がいる。三木谷は借り物のような一回り大きな喪服を着て、泣きはらした顔をしていた。黒縁の遺影の中の顔は、とても紳士的な印象の——

画像が閉じられた。

電話の向こうから声が聞こえた。「高田総合病院です」

あの紳士的な顔は誰なんだ。

さっきから一体——なんなんだ。

俺はうつろなまま、話していた。

「武蔵野医科大学、脳外科の沢村と申します。そちらにお邪魔している当科の荒井准教授をお願いしたいのですが」

荒井は午後から事務長と出かけているということだった。取り次ぎの女性は、事務長経由で荒井に連絡をつけてみると言った。その口調から、出先はゴルフ場だと思った。荒井はまたゴルフをしているのだ。

「お手数をおかけします」

電話を切ったあと、ぼんやりとした。

病院関係者が集まっていたのだから、死んだのは病院関係者だ。それもかなり盛大だから、病院上層部にいる人間だ。三木谷が顔を泣き腫《は》らしていた。いや、森岡も、泣いていたではないか。そして死んだのは、温和な顔をした紳士。

病院上層部で、温和な顔をした、そしてその死を三木谷や森岡までが泣いて悲しむ紳士は、誰だ。

電話のベルが聞こえた。その音に身震いした。携帯電話が鳴っている。電話は荒井からだった。俺は電話を取った。

「視察中にすいません。先生が外来で診察されていた中屋朝子という未破裂前交通動脈瘤の女性ですが、問題の動脈瘤が破裂してグレードⅢのSAHで搬入されました」

荒井は一瞬間を空けて、ああとうめくように答えた。

「午前八時発症で、自宅近くの病院から転送されました。今、七ミリのエーコム（脳動脈瘤）であることを確認しました。手術は五時入室の予定です。当直が江崎先生なので、僕が前立ち（監督）で、江崎先生にやらせたいと思います」

電波状態が悪かった。そして荒井の歯切れも悪かった。

「取り敢えず進めておいてくれ。僕も八時前にはそちらに着くと思う」

荒井は不機嫌に電話を切った。荒井の機嫌が悪かったのは視察のついでに事務長と興じていたゴルフに水をさされたからではなく、自分が遊んでいる最中に担当の患者が生死を彷徨《さまよ》っていたと知って、自責の念にかられたからだ。そうとも。そうに違いない。あれはあれでまんざら悪い男でもないのだ。

俺はそうやって、荒井のことを考え続けようとした。それでもあの画像はなんだったのだろうという思いが離れない。

今日は奇妙なことが続く。遊園地で当直医のことを考えた。そうしたら清水が受話器を上げる画像が頭の中に広がった。遊園地を出る時、残してきた妻と子のことを不憫に思った。そして画像が割り込んだ。そして今度は葬儀。

看護師の三木谷の黒い喪服が脳裏に蘇《よみがえ》る。彼女は体より一回り大きい、借り物のような黒いスーツを着ていて、肩がずり落ちていた。画像には真っ赤な寒椿が見えた。三木谷の喪服は、季節外れの薄いもの。そう——さっきの葬儀は冬だ。

いずれもひどく短い時間だ。ゼロコンマ三秒。いや、もっと短いかも知れない。脳の中では時間は引き延ばされる。瞬《まばた》きするほどの間に、脳は膨大な情報を意識に投影させる。その短い時間に「画像」が割り込んでいる。

落ち着いて考えてみた。電話をかけて来るのは江崎か清水のどちらかであり、患者はいつだって男か女のどちらかだ。無意識にした想像が、偶然、清水がかけてきて、患者が女であったという現実と合致するのは、四分の一の確率で起こる。

そうだ。偶然でなくて、なんだというのだ。

江崎が撮影室から合図を送っていた。手術の準備ができたようだ。

その時自分が、江崎とではなく荒井と肩を並べて手術している様子を頭に浮かべていることに、俺は気がついていなかった。

村田教授に連絡を入れて、ことの次第を告げ了解を得た。

家族が揃《そろ》うと、インフォームドコンセントに立ち会った。説明するのは主治医である江崎だ。

くも膜下出血は高いその致死率から、慎重な病状説明と、手術への明確な同意が必要だ。江崎は丁寧に説明した。顕微鏡手術で破裂した脳動脈瘤《のうどうみゃくりゅう》にクリップをかけて、再破裂を予防すること。術前から術中にかけて再破裂がありえること。発症から一、二週間後に、脳血管が一時的に狭窄《きょうさく》して脳梗塞を起こす、脳血管攣縮《れんしゅく》が起こりやすいこと。発症から一カ月前後に正常圧水頭症《すいとうしょう》（髄液循環障害）の合併症が起こりやすいこと。

説明に予定より時間をかけた。最後の術前検討をして手術室に入ったのは、予定の五時を三十分過ぎていた。

麻酔をして開頭、顕微鏡手術が始まったのは六時半だ。顕微鏡の前には江崎が座った。俺は顕微鏡の側面にある側視鏡を覗《のぞ》き込んでいた。そこから江崎が見ているのと同じ視野を見ることができる。

くも膜《まく》下出血とは文字通り、脳を覆っているくも膜の下に出血する。くも膜はやや白みを帯びた部分もあるが、ほとんどがオブラートのように薄く透明だ。正常ならくも膜を通して肌色の脳表面が見える。くも膜下出血をしていると、真っ赤に透けて見える。

硬膜を切り、くも膜を切る。くも膜は硬膜と違い、脳にぴっしりと張りついている。脳を両側から押さえ込み、くも膜を浮かせて丁寧に切りすすむ。くも膜を切ると、中に溜まっていた血が流れ出す。それを柔らかいプラスチック製の注射針を使って生理的食塩水で洗浄しながら手術を進める。

江崎はくも膜を注意深く切開していた。

やがてシルビウス裂《れつ》につきあたった。

カリフラワーが株に分かれているように、脳もその固有の形として、側面にも奥まで大きな切れ目が入っている。発見者シルビウスの名をとって、シルビウス裂と呼ぶ。この裂は神経の密集した脳底部への誘導路となる。脳に手を入れる時、脳外科医はこの裂を探りながら手術を進める。

「ここからはただ丁寧にくも膜下腔を開けていけばいい」

江崎は顕微鏡を見つめたまま、了承の旨《むね》、返事をした。

脳を両端から脳べらで押さえて、くも膜を浮かせ、マイクロメスで丁寧に切る。数センチごとに脳べらの位置をずらして、くも膜を浮かせる。単純だが手間の掛かる仕事だ。

やがてシルビウス裂を開けきった。脳底部に突き当たったということだ。

脳頸動脈が見えた。

江崎は顕微鏡の倍率を上げた。内頸動脈付近のくも膜を切開する。動脈瘤破裂で流出した血を丁寧に洗浄吸収すると、その内側に視神経が姿を現した。

黄色い。骨かと見間違うほどの太さがある。複雑な部位の交錯した、神経の中枢である。一見、複雑なオーディオの配線コードを思わせる。中屋朝子の動脈瘤はそこに姿を現しているコード、「前大脳動脈」の根元にあるのだ。

「あとはそれを内側に辿《たど》って――」

江崎にそう言った時だった。手術室のドアの開く音がした。

「ごくろうさん。どこまで進んでいるかな」

手術室に朗とした声が響いた。

そこには荒井准教授が立っていた。手術用ガウンに身を包み、両手を胸の上にかざしている。

江崎はたじろいだ。

「シルビウス裂を開放してアイ・シー（内頸動脈）とオプティック・ナーブ（視神経）を確認したところです」

「エーコムが検査直前に破けるなんて聞いたことがない」

そう言うと荒井は看護師から手袋を受け取った。装着する。それからシャウカステンに映されたCTと脳血管撮影を眺めた。

「……学会報告してもいいくらいだな」

冗談にしても悪趣味だ。医学生たちには「患者至上主義」を説いている男だ。

それにしてもなぜここに荒井が現れたのだろう。手術監督は二人いらない。そういえば、荒井が、取り敢えず進めておいてくれと言っていたことを思い出した。「僕も八時前にはそちらに着くと思う」彼は確かにそう言った。

荒井は検査所見を確認すると、手術台のそばへやって来た。そして手術を進める江崎を見下ろした。

まさか――

荒井が言った。

「江崎くん。ご苦労さまでした。ここからは僕がやらしてもらう」

江崎が荒井を見上げた。

もう数センチで動脈瘤が見えるはずだった。その根元にクリップを施して、動脈から隔離する。それで手術の目的は終了したのだ。

ここで取るのか。

荒井を見上げる江崎の目は、遊園地の娘を思い出させた。抗《あらが》えない現実に悲しむ子供の目だ。俺は思わず言った。

「江崎先生が血管撮影から手術の同意まですませました。術者は江崎医師ということで、先生には了解いただいたはずですが」そして畳みかけていた。

「村田教授にもその旨《むね》許可を取っています」

それは印籠《いんろう》のはずだった。村田の名を出せば、荒井はひるむはずだったのだ。しかし荒井が動じることはなかった。彼は看護師に向かって言った。

「いつものやつ」

そしてそのまま言い放った。

「わたしの患者だ」

いつものやつ――荒井が看護師に指示したのは、音楽のことだ。荒井は手術中に、アップテンポのクラシックをかける。いつものそれを、かけろというのだ。

序曲が流れ始める。荒井の外科的本能がゆっくりと開花するのがわかる。目が輝きを増すのだ。そして荒井は俺に、その視線を向けた。

「これは命令だ」

江崎が顕微鏡から離れた。

荒井は患者の切り開かれた頭を見つめる。息絶えて横たわった獲物を目の前にした肉食獣のように。彼の声はわずかに低くなる。

「僕の専用顕微鏡手術器具を持ってきてくれ」

彼はただ切りたいのだ。俺は心の中で思わず吐き捨てていた。

この切り裂き魔。

ただ、手術は見事だった。

破裂した動脈瘤に近づくほど出血はひどくなる。荒井はそれを洗浄しながら目的の動脈瘤へと突き進んでいく。

結局は、人の手術を盗んででも技術を身に付けたものの勝ちだろうか。

そう考えてはいけないと思った。そんなことを考えてしまえば、大学という機関の意味は失われる。公共の利益は、各々の自制心をもって守られるべきだ。それにしても——

それにしてもこの手際のよさはなんなのだ。

左手は微細吸引管を持ち、その先端で動脈瘤と動脈との境に隙間《すきま》を作っている。看護師にクリップの大きさを指示すると右手で受け取り、その手で動脈瘤の根元を挟む。その間、顕微鏡から目を離すことはない。

これが村田教授が呼び込んだ「腕」だ。そう思うと、苛立《いらだ》ちと怒りに虚しさが交差する。

その瞬間だった。

顕微鏡術野がまっ赤に染まった。

血液が湧き上がっていた。

動脈瘤の裏にある穿通枝《せんつうし》と呼ばれる細い動脈を、クリップの先端で引っかけて破ったのだ。

しかし荒井に動揺はなかった。ピンセット型の電子凝固子を持つと、出血点に軽く押し当てた。手荒だ。しかし有効だ。出血が止まる。

最後に、遮断した動脈瘤の回りを丁寧に吸引して状態を確認し、顕微鏡の拡大率を下げていった。

「クリッピングは終了した。あとは二人で閉めてくれ。患者への術後の病状説明の際には連絡するように。僕も顔を出すから」

荒井は手術室から出ていく。

「ご苦労さまでした」

挨拶《あいさつ》の声は、多分、幾分冷やかだったと思う。でも荒井はそれに気付いただろうか。

江崎は荒井に取られていた席に戻り、硬膜を縫合し始めていた。声のかけようがなかった。

「この種の手術、何度目だった？」

江崎は目を伏せたまま、答えた。「三度目です」

しかたなく、言った。

「残念だったな」

江崎は元気のいい声で答えた。

「いいんです。荒井先生の患者だし。僕がやるより荒井先生がやった方が、患者さんのためにはよかったんですから」

そう言いながら、江崎は顔を上げない。悔しいのだと思った。

荒井は患者説明にも顔を出すと言った。患者に説明をする彼の顔が見えるようだった。彼が患者や学生の前ではどんなに温厚な顔をするかを、よく知っている。背も高い。着ているもの、身につけているものもセンスのいい高級品だ。絵に描いたような紳士なのだ。その彼が威厳を持って微笑《ほほえ》むと、患者や学生は崇《あが》めるように平伏する。荒井はたった五分の交代で、感謝を一身にあび、手術を自分のものにする。

江崎が呟《つぶや》いた。

「しかたないですよ。村田教授でさえ一目置いている先生ですから」

江崎は頭蓋《ずがいこつ》骨を閉頭し始めていた。

脳手術そのものは研究された最も安全な方法で行われるが、開閉頭は病棟担当医の仕事とされ、その術式や道具選びは、術者に任される。森岡は、やや新しい、チタンプレートでの頭蓋骨固定を好む。江崎は、従来型のナイロン糸での頭蓋骨固定だ。ドリルであけた数カ所の針孔《はりあな》をナイロン糸で縫い付けていた。

荒井は何が好みだろう。それとも閉頭の仕方などとうに忘れてしまったか。

手術の核心部分が終わると講師以上の医師は退出する。それでも俺はその日、最後まで江崎に付き合った。小さな意地だった。

中屋朝子が中程度の意識傷害を起こしているのがわかったのは、翌日のことだ。呼びかけると目を開けるが、問いかけに答えることはない。ＣＴで小さな梗塞巣《こうそくそう》が確認された。水頭症が少しずつ出はじめていた。梗塞巣は、術中の穿通枝の損傷によるものと思われた。

家族は動揺した。

ことに気付くと、荒井は、国際学会を口実に中屋朝子に関わろうとはしなくなった。江崎は一人で、脳動脈瘤の破裂について、非常に稀《まれ》なケースで破裂の時期の見極めは極めて難しいのだと、懸命に理解を求めた。

それは嘘なのだ。確かに破裂の時期の見極めは難しい。神のみぞ知ると言われる。でも、今回の中屋朝子の意識障害は、脳動脈瘤が破裂したからではない。荒井が穿通枝をひっかけたからなのだ。

江崎は、うちひしがれる家族に、本当の原因を隠して、嘘に終始しながら、ひたすら謝った。

しかし俺が荒井とことを構えるようになってしまったのは、その江崎の無念を思ってのことではなかったと思う。あくまで成り行きだ。

それは定例カンファランスでの出来事だった。

大学病院では、一週間ごとに、その週に行われた脳外科手術について検討する、カンファランスとよばれる会議が持たれる。

大学医学部の縦型権威体制は明確だ。下から、助教、講師、准教授、教授、主任教授、医学部長、学長となっている。付属病院の院長は主任教授が兼任し、各診療科の部長は教授が務める。副部長は准教授、医長は講師になる。

木曜午後二時になると、教授以下、その権力のピラミッドの構成者が、五階にあるカンファランスルームに集まる。

最も奥に村田教授が着席する。以下、准教授、講師と、高位から着席する。彼らを前に、それぞれの担当医が、手術記載やビデオ記録を交えながら臨床経過を村田教授に説明し、その方法や問題点について、出席者で検討する。

緊張を伴う発表会である。

その日、検討は七例あった。その中には中屋朝子の手術も含まれていた。

その中屋朝子の事例について、荒井が江崎を名指ししたのだ。

「江崎くんはシルビウス裂を開けるのには、時間をかけ過ぎている。江崎くんのマイクロのトータルは四十五分。本来二十分でやるべき手術だと考えていただきたい」

江崎が俯《うつむ》いた。

俺は驚いた。

荒井は、自分が起こした穿通枝の損傷には一言も触れない。思わず言葉が滑《すべ》り出ていた。

「江崎先生は確かに時間はかかったかもしれません。でも、間違いなく丁寧にこなすという姿勢は、非難されることではないと思います」

中屋朝子の事例において、言うに事欠いて、江崎の丁寧な開頭を非難するとは。中屋朝子の意識障害は、時間をかければ回復する性質のものだ。大事ではない。しかし、少なくとも、あの手術において非難される者がいるとすれば、それはどう考えたって江崎ではない。

俺の発言に荒井は食いついた。

「そうかな。シルビウス裂をこれほどあけなくても、近位側だけをしっかり開けて、サブフロンタルに行けば、クリッピングは十分可能だと思うのだが」

彼は俺をしっかりと見据えて、そう言い放ったのだ。

それは外科医三年目の男には所詮《しょせん》無理な話だ。だからその明確な反論は江崎へのものではない。俺に向けられていた。それも、あの手術の監督医だったからというのではない。

ただ、自分に口答えしたからであり、言い換えれば、自分に楯突けばどういう恥をかかせるかよく見ておけという、他の医師たちへの警告でもある。

「穿通枝の損傷」については配られた報告資料に記載されているので、出席者は皆、知っている。荒井の手前、それに触れない。荒井はそれをよく知っている。彼は聖域に鎮座しているつもりでいるのだ。

わざをひけらかすことはない。大切なことは、患者の安全を確保することだ。手術は自己満足の手段ではない。学生には日頃そう言っている。荒井だってそう言っているはずだ。

「お言葉ですが、若い医師はまだ荒井先生ほどの技術を持ち合わせていません。外科医の修練は何より、安全でスタンダードな手術法を学ぶことだと思います」

「理がないとは言わない。しかし日々進んだ技術を意識するという姿勢も必要ではないかね」

荒井の目が光を帯びてきていた。だがこっちだって学生に教える身だ。引き下がるわけにはいかない。

「荒井先生の技術には感服いたします。ただ、ご自分の術中に起こったことについては、説明責任をお持ちいただきたく」

荒井の聖域に踏み込んだ。その瞬間、荒井の顔色が変わった。

その気配に息を呑《の》んだ。正直、怖かった。それでも撤回しようとは思わなかった。公の場でまで彼の暴言を許すことはない。ここには村田がいる。村田がいる限りことは公平に——悪いものは悪いと処理されるはずだ。俺は荒井を睨《にら》み返した。

「できれば主治医に相当なご助言があれば、後輩諸氏の励みになるかと思います」

険悪——

荒井が暴言をはかなかったのはひとえに、そこに村田教授が座っていたからだ。

村田教授の声が厳《おごそ》かにした。

「闊達《かったつ》な、意見、大変よろしい。それぞれの言い分に理はあることと思う。過ちはあります。だからこそ、それを補うために一つのことに多くの人間が関わるんです」

そこで一息置くと、村田はしかしこう言ったのだ。

「ただ、荒井先生の技術から学ぶこともあるだろうから、参考にするように」

その言葉に、落雷に打たれたような気がした。

荒井が俺から目をそらした。それで俺も辛うじて机の上の書類に目を落とした。

江崎がそっと目を合わせてきた。そして小さく頭を下げた。顔がほんのりピンクに染まっていた。

カンファランスは平穏に進む。そして教授回診の時間を迎えた。

病室を一つ一つまわる教授に、准教授、講師、助手、専攻医、研修医と順に並んでついて行く。俗に大名行列と言う。病室に入ると教授のかたわらには担当医が入れ代わり立ち代わり立ち、患者の紹介と病状説明をする。

民間病院ではもうほとんど見られないが、大学病院ではまだこの行列が残っている。もちろん、カンファランスと同じで、それぞれその患者についてみなが確認し合うというのが趣旨だ。だがそれは大学病院の閉鎖性の象徴でもある。みなが自らの位置と、その位置に対する自覚を持ち、決して曖昧《あいまい》にしない。すなわちそこには、安易に他者の入り込む隙はない。大学病院がこういう環境を固持し続けるのは、医師を呪縛の中に囲い込むためだともいえる。縦社会の絶対性を見せつければ、権威に敬服することを覚えるから。

その中ほどを歩きながら、さっきのカンファランスのことを思う。理は明らかにこちらにあった。それを村田は最後に、荒井の肩を持ったのだ。

先頭を歩く村田の端に荒井は寄り添う。村田は小柄だ。言葉を交わす時は、荒井が村田を見下ろす。村田が荒井を少し見上げる。荒井が、獲物を飲み込もうと鎌首を持ち上げる蛇に見えた。

秋山和雄は手術から十日ほどが経過していた。

その日、研修医の野口が「今から秋山さんの抜糸なんです」と声をかけてきた。

抜糸は研修医の仕事だ。彼は不安な顔をしていた。

研修医なんてみな、まだ子供だ。だいたい二十五、六の男のほとんどは、服装だの髪型だのを繕うから、大人びて見えるだけだ。野口はただでさえ童顔なのに、忙しい研修医生活の中で、髪は切りっぱなしの、服は白衣で、それがまた背が低いので、借り物を着ているように見えるものだから、人一倍幼く見える。それが不安そうな顔をすると、こっちは本当に心配になってくる。

「でも担当の森岡先生、外勤で」

なるほど。指導医がいないから、不安なのか。

『外勤』というのは、民間病院にアルバイトに行くことだ。ただし勝手に行くのではない。医局の指示で動いている。

大学付属病院の医師は民間の病院や公立病院に比べると低賃金だ。無給の専攻医さえいる。医師に満足な給料を払っている大学病院なんか数えるほどしかない。

利益が出ないのだ。

最新医療、教育、研究を行うための設備投資には膨大な費用がかかる。助成金や同窓会、その他の寄付を含めてもたいていの大学病院は赤字に悩まされる。特に最近は医学の進歩が著しく、大金を投じて機械を購入しても、すぐもっと新しいのが出てしまう。設備の古い大学病院なんて、大学病院の価値がない。それで台所はいつも火の車だ。そういう状況だから、民間病院が当直や日勤に大学病院の若い医師を雇い、彼らに給料を払ってくれることは、大学病院としては大変ありがたい。

大学病院との提携は民間病院にも大きなメリットをもたらす。なんといっても大学病院の医師は最新の医療を学んでいる。彼らは最新医療への窓口である。それに、提携していれば、大学で専門的治療を終えた患者の転院先になれる。患者確保にも繋がる。

医局制度には確かにさまざまな弊害がある。とはいえ現在の医療において医局はシステムの心臓だ。そこから血液を送るようにして末端地区まで均一な医療が流れていくと言えるのだから。医局の崩壊は突き詰めれば地域医療の停滞に繋がると思っている。だから俺は、古式ゆかしき大名行列にもそれなりの意義を認める。大学病院の医師が民間病院に出向いて勤務することは地域医療への義務であると思う。その、義務を義務と理解させるには、自らが身を置く場所に対する認識が必要なのであり、医局のピラミッド形式と、大名行列は、それに一役買っているというわけだ。ピラミッドは、医療を公共福祉に留《とど》めるための管理手法なのだ。

森岡が、今日はそのお勤めに行っているということだ。そして野口は、買い物に行った先で財布を忘れたことを思い出した子供のような顔をしている。

秋山と聞いて、少し動揺した。野口は不安な顔をしてこちらを見ている。

病棟医長であるわけだし、その上秋山和雄を初めに入院させた医師としても、同行して不自然じゃない。

「ついていってあげるよ」

野口はほどけるように笑った。

俺は秋山の病室に入るだけのことに、それほどの理由付けをする自分に、不安を覚える。

秋山の経過は順調だ。手術の三日後には四人部屋に戻っている。道々、野口が話した。

「秋山さんは時々散歩にも出るんですよ。顔の左が腫《は》れているのを気にしているんですけどね、森岡先生が、そのうち引きますって説明したら、喜んでました。あんな年の人でも、顔の腫れなんか気にするのかって、僕、少し驚きましたけど。煙草を吸ってもいいかって、森岡先生に聞くんです。先生、困っていました。だって医者だから、煙草はだめっていうのがほんとですものね。でも、吸う人には、だめっていうより、本数を減らしましょうっていう方がいいんですって」

野口の口調から伝わる指導医への敬愛の念はダイレクトだ。野口にはいま、森岡が神様なのだ。それを聞いていると、村田を尊敬する自分の姿を透かし見る気がする。

「秋山さんって変わっているんですよ。もともと煙草は吸わなかったんだそうです。それがある日突然吸い出して、今では一日一箱半だそうです。それで、煙草ってそういうものなんですかって森岡先生に聞くんです。森岡先生はね、そういうものじゃないと思いますよ。好奇心から吸っているうちに中毒になるのが普通ですよって言ってあげたんです。そうしたらね、秋山さん、そうですよねって納得しちゃったんです」

そして野口は笑った。「変わってますよね」

俺は、漠たる不安を悟られないように、微笑んで聞いていた。

「秋山さん、元気なんだね」

「はい。元気どころか、機嫌がいいんです。森岡先生はね、あれは手術が成功したからだけじゃないぞって、僕に言うんです。どういう意味だと思います？」

「どういう意味だろうね」

「森岡先生がね、試しに、どうしたんですかと聞いてみたんです。そうしたら秋山さん、真っ赤になって、しどろもどろになって。森岡先生は、病室を出たあと、僕に、間違いない。何かいいことがあったんだって、言うんですけどね。なんなんでしょう」

「うん。なんだろうね」

「森岡先生はにやにやしているから、わかっているみたいなんですけど、教えてくれないんです」

「でも、患者が回復し、健全な生活を取り戻していくのをみるのは、医者冥利《みょうり》に尽きることだよ」

野口は俺をしっかりと見つめて「はい」と返事をした。

若くて希望に溢《あふ》れた青年。

初めて担当患者が死んだ時のことを思い出した。

悪性脳腫瘍に罹患《りかん》した五十代の女性だった。本人に告知はしていなかったが、自分の腫《しゅ》瘍《よう》が悪性だということに気づいていた。主治医の指示をよく守り、つとめて明るかった。術後二カ月で退院したが、半年後には再入院した。その日、まだ研修医だった俺の手をしっかりと握り「必ず治してちょうだいね」と言った。いまでもあのときの彼女の顔をはっきりと思い出すことができる。生きたいというその目が、死を意識していた。

再入院のあとの彼女はみるみる痩せていった。それを正視できなかった。一度、彼女は俺の手を取った。痩せた手だ。力なく微笑んで「三カ月でいいから、生きさせて欲しいの」と呟いた。呟いたんじゃない、喋ったのだ。でももう、その声は呟きのようにしか聞こえなかったのだ。

ただ三カ月。三カ月生き永らえれば、彼女は生まれてくる初孫をみることができた。彼女の毎日はただ、日々近付いている死の足音を恐れることだった。来るなと念じて耳を澄ます。せめて三カ月、来ないでくれと耳を澄ます。死を意識した生への執着《しゅうちゃく》。

その時はまだ、赤ん坊にこだわる彼女を理解できたわけではなかった。

彼女がこの世を去ったのは、再入院した四カ月後だった。でも孫の顔を見ることは叶《かな》わなかった。最後の二カ月は植物状態だったからだ。

娘は生まれたばかりの孫を彼女の顔に擦《こす》りつけんばかりに近づけた。赤ん坊は頼りない声で無遠慮に泣いた。やわらかな泣き声だった。そのとき初めて、ああ、これが赤ん坊というものかと、その声に聞き入りながら、彼女を本当にかわいそうに思ったのだ。彼女がこれを聞けば、娘が生まれたときのこと、そして娘を抱いていた自分のこと、そこに付き添った夫のこと、生きてきた長い日々の記憶を、死ぬ前にもう一度、身のそばに引き寄せることができただろう。孫を見ることは、血が受け継がれたことを確認することであり、自分が生きた証《あかし》をその目に見ることでもある。主治医は娘に「聞こえていますよ」と声をかけた。聞こえてやしない。その嘘に、激しい敗北感を感じた。

遺《のこ》されたものを慰めることができても、死にゆく者に何をすることもできないのだとすれば、なんのための医師なんだ。彼女は孫が生まれたことも知らない。絶望に浸ったまま、死を迎えるのだ。

野口を見ていると、突然「人間の重み」を見せつけられて、潰《つぶ》れそうになった若い日々を思い出す。

そう言えば臨床医になりたての頃の江崎も、そんな重みを一身に背負っているような顔をしていたっけ。彼はこの野口ほど無邪気ではなかった。でも生真面目《きまじめ》で熱心で、それを内に秘めるように人見知りなものだから、いじらしかった。野口はことごとに「森岡先生が」と言う。江崎は俺をじっとみて、視線に気付いて彼を見ると、ほっとしたように微笑んだ。

秋山はベッドの上に座り込んで、蜜柑《みかん》を食べていた。それをみて、野口が声を上げた。

「蜜柑ですか。八月ですよ。珍しいですねぇ」

秋山は照れた。「姉が持ってきてくれたんです」

野口はうんと頷いて、それから言った。

「今日は抜糸ですよ」

秋山は俺に頭を下げた。それから野口に聞き直す。

「いつもの先生は？」

俺が答えた。

「今日は外勤で不在なんです」

秋山は俺に向かって改めてきちんと座り直したので、野口が慌てた。

「いや、寝てもらわないと」

秋山はああ、そうでしたかと、横になる。

ガーゼを外すと、頭皮に手術創が露出した。細い黒ナイロン糸でミシン目のように細かく縫合されている。良好だった。

「うん。抜糸できるね」

それを聞いて秋山が緊張する。

「大丈夫。ちょっとチクッとするけど、痛くはないですよ」

野口は外科鋏《げかばさみ》で縫合部を一つ置きに糸を切り、抜糸し、消毒した。あとは新しい滅菌ガーゼで覆うだけだ。

一週間で、特殊染色による病理の結果も出る。

「何にもなきゃ、今週の土曜あたり退院ですよ」

秋山は嬉しそうだ。いや、確かに幸せそうだった。初診の時に感じた陰鬱《いんうつ》さが消えている。

抜糸を終えた野口が思い出したように時計を見た。みるみる険しい顔になる。実に悲劇的だ。

「なんだい」

「Bチームの先生たちがアンギオに入っているので、かわりに重症患者のCT出しに付き添わないといけなかったんです。忘れていました」

「じゃあいいよ。いきなさい。明日でも経過を森岡先生に報告しておくんだよ」

野口は今度はみるみる目を輝かせた。礼を言い、慌てて駆け出して行った。

それを見送った。

秋山と話をしたいと思っていたのだ。でも、何を話したいのかは、わからない。彼のことが気になりながら、彼という人間から遠くにいたいと思っていた。いま、秋山と二人になった。

微笑んで見せた。

「ほんとに元気そうになりましたね」

秋山は明るく笑った。

「ほんとに、なんだか楽になりました。やっと、自分の頭が自分だけのものになったような気がします」

日差しが強かった。秋山は季節外れの蜜柑を一つ、俺に差し出した。物言わず、しかし迷いも照れもなく差し出された丸い黄色い蜜柑。それには彼の幸福感が滲み出しているようだ。

俺はそれを受けとった。

布団の端から大判の本が覗いていた。

「それ、なんですか」

秋山は俺に促されてそれに気付くと、はっとしたように見つめていたが、やがて布団の下から引き出した。

表紙には濃厚なタッチで描かれたオレンジとリンゴの静物画が載っていた。セザンヌの画集だった。なんども捲《めく》られたらしい跡がある。

「ポール・セザンヌ。印象派の画家です。彼は二年がかりで厳格な父親を説得して画家になるためにパリに移り住むのですが、人づきあいが苦手でその上極端な潔癖性で、パリに馴染めなかった。華やかな大都市の中での孤独。そんな不安が彼の絵にはある。結局生きている間は認められることもなくて。六十七歳で死ぬまでに美術展に入選したのは、たった一度でした。リンゴを描くのが好きな人で」

俺は驚いた。画集の表紙を見つめたまま、ものを読むように物静かに語られたからだ。そしてそこで彼は断ち切るように言葉を切った。画集を見つめる目がひどく困惑している。

「リンゴを描くのが好きな人で……」

　表紙は「オレンジとリンゴ」だ。秋山はじっとそれを見ていたが、突然顔を上げると、画集を俺につき出した。

「あげます」

　秋山は明るく笑った。

「不思議ですよね。音楽だって演歌しか興味がないのに、セザンヌが好きだったんです。好きというよりこう」と秋山は言葉を探した。

「つい、見ている」そして俺の顔を見た。

「けっこう詳しかったんですよ。でも」

　秋山は突然言葉を呑《の》んだ。

「でも――なんですか？」

「忘れてしまったんです。彼の言葉を。いや、忘れたんじゃなく、もう意味がわからない。先生」と秋山は俺を見つめた。

「トレテ・ラ・ナチュール・パール・ル・シリンドル、ラ・スフェール、ル・コーヌ、ル・トゥ・ミ・ザン・ペルスペクティーヴ、ソワ・ク・シャック・コテ・ダン・ノブジェ、ダン・プラン、ス・ディリージ・ヴェール・ザン・ポワン・サントラール――これ、どんな意味なんですか」

秋山の顔を穴のあくほど見つめた。

頼りなく不安げな顔だ。でももう陰のない顔だ。

見知らぬ過去をつきつけられて困惑する人間の顔。

唐突に「見知らぬ過去」という言葉が浮かんだのだ。それは、心の壁に「見知らぬ過去」という言葉が書き込まれ、それを読んだようだった。

次の瞬間だった。

traitez la nature par le cylindre, la sphere, le cône, le tout mis en perspective, soit que chaque côté d'un objet, d'un plan, se dirige vers un point central

文字がはっきりと、頭の中に現れた。

俺は身震いした。

それでも消えない。

traitez la nature par le cylindre, la sphère, le cône, le tout mis en perspective, soit que chaque côté d'un objet, d'un plan, se dirige vers un point central

まるで壁に書かれた落書きのようだ。

頭の中に羅列した単語は、追おうとするとそこから曖昧《あいまい》になる。俺は捉えられる単語の、その意味を拾っていた。円筒形、球形、円錐《えんすい》形　物質。中心点。自然物。秋山の声が聞こえる。

「もう、なんでこんなものを持っていたのかわからない」

そこにあるのはセザンヌの画集だ。

「お姉さんは、あなたが、第六感が優れていると言っていましたよ。もしかしたら、手術中に僕の目に何か入るとか、そんなことを見たんですか」

唐突な質問に秋山はぼんやりとしていた。そこになお言葉を加えた。

「ご両親の死亡も、電話で知らされる前にご存じだったとか」

質問の不自然さに彼は気付いているだろうか。秋山はそのまま俺を見ていたが、やがて

「ハイ」と小さく呟いた。

「でももう……」声が少しうわずっている。「そんなこともなくなりまして」

不気味だった。秋山が、あの薄幸の気配を失って、元気にいることが、そして同時に「そんなこともなくなった」ということが頭の中で繋がって、彼が「今は理解できない」という長文のフランス語を明確に覚えていることが、そして多分、明日にはそのフランス語そのものを忘れているのだろうと秋山が思い、自分も直感的にそう感じていることが。いろんなことが頭の中に渦巻いた。

自分が彼の考えていることを見たような錯覚と、彼が自分を頼りなく見ていることが重なって、彼が自分の脳内に座り込んでいるような気がした。

俺は目を閉じた。

何をやっているのだ。脳を研究している学者だぞ。

外国語の歌を覚えるのと同じだ。彼がなんだかわからないフランス語の一節を呪文のように丸暗記しているということは、取り立てて不思議なことじゃない。

それからゆっくりと目を開けた。

「脳神経科学という分野がありましてね。人間の精神活動の機構を明らかにしようと神経生理学的研究が飛躍的にすすんでいるのは確かです。たとえば脳神経細胞同士の情報伝達を担う内因性物質として神経伝達物質というのがあり、その内、ドーパミン、ノルアドレナリン、セロトニンなどモノアミン系の神経伝達物質は特に喜怒哀楽といった情動を司《つかさど》のことですよ」

　そんなことを言ってみたのは、目の前の男に飲まれまいとしたからだ。セザンヌの画集がそこにある。開けて眺めてみたいという衝動にかられる。湧き上がるその衝動におののく。そして、まだあのフランス語が居すわっていることに気がつく。自然、円柱形、球形、円錐形。ナチュール、シリンドル、スフェール、オブジェ、ス・ディリージ・ヴェール

―――

　懸命に職業的態度を繕《つくろ》った。

「第六感が消えたような気がするというんですね」

　秋山は従順に答えた。

「はい。それがあの手術からのような気がするんです。目が覚《さ》めてから、なんにも」秋山の、こちらを見つめる表情は、ひどく注意深いものになっていた。

「見なくなったんです」

　秋山は言う。

「先生のあのことも、なんだか今はもう、よく覚えてないんです。でもあの時は確かに、言わなければと思った……」

そして秋山は、俺の顔をじっと見たのだ。

「先生」

俺は身構えた。秋山はゆっくりと言った。

「先生は、未来はもう、あると思いますか？」

どういう意味だ。

「明日のことって、決まっていると思いますか？」

地球。その時、いつか夢の中で見た回っている地球が頭に浮かんだ。

「だっておかしいでしょ。決まっているはずはありませんよね。僕が明日どこで誰と話をするかが、もう決まっていると思いますか？」

そして秋山は、低い声で言ったのだ。未来なんか、その時にならないとわからないことですよねと。

秋山は頼りなく微笑んだ。

「時々、自分の考えていることがわからなくなるんです。突然何かを思い付いたり、考え始めたりするんですが、それがなんなのかがわからない。自分で考えているのに、自分で考えていることがなになのかが、わからないんです。姉の言うように、ほんの少し、人より勘がいい時もあります。それも当たれば特殊な能力のように思われる。気味悪がられるし」

　そして顔を上げた。

「なぜ、そんなことを聞くんですか」

　突然何かを思い付いたり、考え始めたりするのに、なんなのかがわからない。

　自分で考えているのに、自分で考えていることがなになのかが、わからないんです。

　――確かにあの日からだ。この、秋山の頭を開けた日。

　俺はゆっくりと言った。

「手術の説明の時に秋山さんが言ったでしょ、眼鏡をかけたほうがいいって。それがあまり真に迫った言い方だったので、ずっと気になっていたんです。なぜそんなことを言ったのかと」

「なんか飛びましたか」

「――いえ」と秋山の顔を見つめた。

「気づきませんでした」

　瞬間の嘘だった。なぜ嘘を言ったのか自分でもわからない。清水が電話で要請をした。

　遊園地で娘が勢いよく列に割り込んで行った。葬儀場で三木谷が一回り大きな喪服を着て泣いていた。三つの場面が蘇《よみがえ》る。

突然閃《ひらめ》いた。

セザンヌは一八三九年に生まれた。生まれたのはフランスの小さな町、エクス・アン・プロヴァンス。死亡したのは一九〇六年。

画集は秋山のベッドの上に放り出されている。その表紙の絵、オレンジとリンゴの静物画を見つめた。

なぜ——なぜフランスの画家の生まれ年や没した年が。

リンゴの絵は六〇点を超える。

それは誰かが情報を頭の中に書き込んでいくようだ。

「勘がいいばっかりに、気味悪がられましてね。仕事も続かないんですよ。いつだったか、同僚が、ロッカーで、他の同僚の鞄《かばん》から財布を抜いたんです。それでそれを、空調機の後ろに置いた。その同僚、財布がないって騒ぎだして。僕、困ったんですけど、言ったんです。空調機の後ろに落としたんじゃないかって。そこから見つかるでしょ。そしたら、僕が疑われるんですよね。なんで財布の場所を知ってるんだって言われた。そいでそのあと、今度は盗んだ奴に呼び出されましてね。お前、俺を脅す気なんだろって、殴るんです。意味がわかんなくて。思いましたよ、なんで人のいる前で盗むんだって。お前がこっちに気付かなかっただけじゃないかって。でも相手は、隠れ見て、告げ口するとはどういうつもりだって殴ってくるんですよ。僕を殴ってるそいつが、すごく怯《おび》えているんですよね。一方には盗人だと思われるし、一方には殴られるし。結局その月限りで辞めました」

そして笑った。

「言わなきゃいいんですよね。姉にもいつも言われていたんです。言うなって。でも、性格なんですね。相手の身に悪い事が起きようとしているのがわかっていてみすみす見逃すことができなくて」

秋山の言葉が切れた。手の中で小さな蜜柑がずしりと重くなっていた。まるで鉛の塊《かたまり》であるかのように。彼の呟きが聞こえた。

「でも、解放されたようです。もうあの音も聞こえない」

――あの音。

秋山はそれがなんだか俺にわからないと思って気軽に口を滑らせている。でも俺にはそれがなんだかわかる。彼の秘密が俺の秘密になり、彼はそれにまるで気づいていない。多分、「あの音」を聞く同類者になったことを彼に悟らせないために嘘をついたのだと思う。いや、もう同類者でさえない。彼はもうその音を聞かなくなったのだから。

今は俺が聞くのだから。

そう思った瞬間、再び書き込みが行われた。

彼はひどく潔癖で、特に女性には裾《すそ》が触れただけでも何度もその裾を拭《ぬぐ》わなくては気が済まないほど癇性《かんしょう》だった。絵は何度も描き直す癖があり――リンゴは干《ひ》からびて――

さっきと違って言葉はひどくばらばらだった。電波が途切れがちな携帯電話で聞いているように。

――リンゴは干からびて。描き上げるまでにモデルのリンゴは干からびていたこともあった。

トレテラナチュールパールシリンドルラスフェールルコーヌルトゥミザンペルス

秋山が俺を見ていた。俺は目眩《めまい》を感じて蜜柑を秋山のサイドテーブルの上に置いた。一時も早く、この病室を抜け出したかった。

「先生」

反射的に振り返る。秋山は澄んだ目をしていた。

「いま、見たのか、と聞かれましたよね。『手術中に僕の目に何か入るとか、そんなことを見たんですか』と」

秋山が俺を、俺の目を覗き込んでいた。まるで俺の目の中に何かを見つけようとでもするように。

何と答えたのか、記憶がない。たぶん何も言わずに逃げ出したのだと思う。

気がつくと、ナースセンターに続く渡り廊下に立っていた。

いま、見たのか、と聞かれましたよね——「気がする」ではなく「見る」。想像ではなく視覚情報として。秋山はそこに敏感に反応した。

そう。見るのだ。そして聞こえるのだ。紙幣の束を広げる時のような、シャッという音。乾いて、繊細で、小気味のいい音。決して大きくはない。しかし頭の芯《しん》に残る音。

彼にはもう聞こえない音。

秋山の頭の中にはもうセザンヌの情報はない。彼が女性に触れられた裾を拭うさまを想像した画像もない。全ては刻々と溶け出している。

自分の講師室に駆け込むと、パソコンを立ち上げてインターネットを開いた。

「セザンヌ」を引く。

一八三九年一月十九日　一九〇六年十月二十二日。南フランスのエクス・アン・プロヴァンスに生まれる。父は銀行家で裕福な家庭に育つ。

リンゴと山の絵を好み、現存するだけで、リンゴの絵は六〇点、山を描いたものは四〇点ほどある。しかし彼は臆病で人づきあいが苦手であり、やがて精神を病んで、初めのパリでの生活は半年しか続かなかった。

作品は何度も描き直されたものが多く、最初の構図を留めないものも多い。絵が完成する前にリンゴなどが干からびてしまうことも多かったという。

もう一度読んだ。絵が完成するまでにリンゴなどは干からびてしまうことも多かったという一文を。

なぜだ。

頭の中にまだあるあのフランス語を紙に書こうとした。書いて、訳してみようと思ったのだ。フランス語は苦手だといっても、それぐらいのことならできる。しかしそれを書き写すことができないことに気がついた。はっきりと頭の中にあるのに、書こうとするとなんであるのかがわからない。

そこにあるのに、摑《つか》めない。

秋山はかつて理解していた。そして今は意味がわからなくなった。ただ言葉だけが、口ずさんだ歌の文句のように出てくるだけ。

それが何なのか、まるでわからない——。

その夜、自分の研究室で、秋山の脳組織の成長解析の結果を出した。その時、その腫瘍がただの腫瘍であってほしいと願っていた。なんの変哲もない悪性腫瘍であることだ。でも細胞はやはり、間脳系神経細胞由来の性質を持つことが示唆されていた。免疫組織染色はともに陽性であり、特殊染色においても陽性を示したのは一パーセント程度。だったら脳の一部だということだ。

あれは、脳だったのだ。

予定通りその週の土曜日、秋山和雄は退院した。

入院病棟との連絡通路は駐車場に面した側が、遮るもののないガラス張りだ。そこから夏の強い日差しが差し込んでいた。

traitez la nature par le cylindre, la sphère, le cône, le tout mis en perspective, soit que chaque côté d'un objet, d'un plan, se dirige vers un point central

俺の中に何かいる。俺の中に、俺でないものの思考が入っている。

フランス語は頭の中に完全に書き込まれていた。意味はわからない。

二階の通路から退院する秋山を見下ろしながら、彼の言葉が、耳から離れなかった。

自分の頭が自分だけのものになったような気がします。

三

秋山が退院して二週間が経《た》った。その夜また夢を見た。

秋山和雄が雪の降る夜の公園を、若い女性と歩いていた。木製のベンチがある。二人は木陰で立ち止まる。ばさりと雪が木の枝から落ちて、二人は接吻《せっぷん》し、抱擁《ほうよう》した。

女性は看護師の三木谷だった。

目が覚《さ》めた。窓から日が差している。時計を見ると、六時だった。

昨日帰宅したままの格好だった。場所は居間のテレビの前。体には布団が掛けてある。

記憶をたぐりよせた。帰って来て、テレビを見ながらビールを飲んでいた。疲れていた。そして呆気《あっけ》なく記憶が切れる。

じゃあそのまま寝たって事か。

三木谷と秋山の接吻を思いだした。古い木製のベンチに見覚えがあった。手すりだけが赤茶けた金属で、塗られていた赤いペンキが剝《は》げて錆《さ》びているのか、ただペンキの色が褪《さ》めているだけなのかわからなくなっているあのベンチ。雨に打たれ日に照らされて黒ずんだベンチの板。あれはまちがいなく病院と駅の間にある小さな公園のベンチだ。

見てはならないものを見てしまったような気がした。

それにしても患者と看護師がそういうことになっているというのは、よろしくない。しかしよろしくないと言えば、医師と看護師だって、みだりにお付き合いするのはよろしくない。すなわちよろしくないことが横行しているからなぁ。

困ったもんだなぁ。

そして本気で困っている自分に気がついた。

ただの夢じゃないか。

どこからかピーピーと小さな音が聞こえてきた。くぐもったその小さな音がなんであるかについて、いかに寝入っていても自分の赤ん坊の泣き声を聞き分ける母親のように、聞き分けてしまう。携帯電話に設定した、病院からの呼び出し音だ。

昨日病院から着て帰ったジャケットは枕もとに放り出してある。そのポケットを弄《まさぐ》った。携帯電話を摑《つか》みだすと、電子音が明瞭になる。

それにしても結婚してこのかたこんな寝方をしたことはない。着の身着のまま寝入るということも、携帯電話をジャケットのポケットにいれたまま眠ってしまったことも。

通話ボタンを押した。当直医の村上だった。

「朝早く、すみません。実は秋山和雄さんが、午前零時過ぎに救急外来に来院しました。

麻痺《まひ》はありませんが、軽度から中等度の意識障害があり、深夜帯に入院となりました」

——秋山。

「どういうこと」

「それが、土曜日に職場の同僚と深酒したらしいんです。日曜に具合が悪くなって、それで夜中に友人に付き添われて来たんです。頭部CTでは腫瘍《しゅよう》の再発は見られません。ただ」

村上は、ちょっと声を落とした。

「脳が全体的に萎縮《いしゅく》しているんです」

秋山は一昨日、外来にやってきた。そのときは痙攣《けいれん》もなく、尿量も安定し、頭痛もないと言った。仕事を再開したいとも言っていた。スーパーはまた雇ってくれるでしょうかと、そんなことまで言ったのだ。別人のように明るかった。真《ま》っ直《す》ぐに目を見て話をした。

抗痙攣剤を二週間分処方して帰した。

「朝早くてすいません」と村上は電話の向こうで謝った。「でも気になって」

脳萎縮は突然には起こらない。徐々に萎縮する。だから二日前には、ふらつきや、ろれつが回らないなどの何らかの症状がでているはずだ。しかし二日前に来た秋山にそんな気配はなかった。少なくとも、二日後に全脳萎縮で意識障害を起こす人間の様子ではなかった。

「それは、脳室拡大でそうみえるということではないんですか」

「いえ、全体的に脳溝も広く明瞭で、やはり全脳萎縮だと見受けられます」

妻の肩をつついた。妻が瞼《まぶた》を持ち上げる。病院へ行って来ると告げた。妻は頷《うなず》いて、再び眠りに落ちていった。


この二日の内に脳萎縮を起こしたというのか。

秋山の頭部CTに映し出された脳は、全体に髄液のある溝の部分が太くなり、大脳皮質が痩《や》せて、脳全体が海綿のようになっていた。

あきらかな全脳萎縮だった。

アルツハイマー病。クロイツフェルト‐ヤコブ病。脳萎縮を起こす病気を考えた。しかし秋山にはこれらを示唆する所見も感染経路もない。いや、そもそもたった四十八時間で萎縮する病気など、ない。

秋山は回復室に横たわっていた。まるで眠っているようだった。

俺は呼びかけた。秋山はそれに応じてわずかに開眼する。しかし視点は定まらず、すぐに閉じた。傾眠傾向が見られた。瞳孔径、対光反射、肢体麻痺の有無や病的反射などに異常は認められない。採血、採尿データにも特に問題はない。村上の話では再入院時、痙攣もなかったという。

村上のPHSが鳴った。

「すいません、戻らないと。救急外来の合間に来たので」

昨日は一睡もできなかったと、村上はぼやいた。酔っぱらって気分が悪くなったとか、喧嘩《けんか》で頭を殴られたという患者が救急外来に押しかけたと言った。

「昨日はついていたんです」

外科の世界では、患者が多くて忙しい時、ついていると言う。由来は知らないが「つく」とは、運がいいということではなくて、「憑《つ》く」を意味するものだと聞いたことがある。患者が多い日は、何かに「取り憑かれて」いるのだ。

「九時から定時オペだというのに」村上は嘆きながら、救急外来に駆け戻った。

病棟医には、宿直で救急患者に対応しながら朝を迎え、そのまま定時オペに臨むことは日常的だ。結婚当初、妻は呆《あき》れた。しかしそれは個々人の自制心と忍耐でやり遂げているのではない。個体が耐えられないような状況に陥ると、脳が騙《だま》してくれるのだ。脳は快感に関係する神経伝達物質を放出し、すると人は、過酷な状況であるという認識を失い、多幸感を感じる。「ランナーズ・ハイ」としてよく知られている、脳の代償作用であり、そういう、脳作用のもたらす幻覚を利用して乗り切る。

脳の隠し持った機能について、現代医学はまだ地図が描けない。

有能な物理学者ほど最後は神の存在を信じるようになるという。よりどころである論理性が破綻《はたん》した時、さまざまな現象を科学的に解明することに限界を感じる瞬間——信じたものの形が崩れた時、必ずその向こうに神が姿を現す。あらゆる無理無体を引き受ける総称としての神。もしくは確率的には奇跡としか思えないことが平然と人類の日常に持ち込まれていると気づいた時——たとえば原子の周期核と、惑星系の惑星軌道が酷似しているといったようなこと——それを可能にするツールとしての神。人の世が論理で割り切れなくなった時、人の心の中に姿を現す。だから科学者には、神を持ち出すことは退廃でもある。その科学の聖地、病院で、夜間救急患者が多かったことを「憑く」と言う。

回復室を出ると、ナースセンターで永久病理診断書を手に取った。一カ月前の、秋山和雄の手術の時のものだ。

S－210343　診断
間脳神経組織のハイパープラジア（過形成）が主体であり、腫瘍様の増殖悪性所見もない。典型的な過誤腫の所見とは断定しにくいが、強《し》いて言えば過誤腫の亜型が疑われる。

パソコンに秋山和雄の資料を呼び出した。

何度見ても同じことだ。胸腹部レントゲン写真でも異常はみられない。採血データや呼吸や心拍などのバイタルサインにも異常はない。

「先生、今日はお早いんですね」

突然の声に動悸を打った。振り返ると三木谷が立っていた。

ワンピースの白衣の上に、水色のエプロンを付けている。あわてて時計を見た。八時になっていた。日勤の看護師が来る時間になっていたのだ。

抱擁、そして接吻。三木谷陽子に、今朝見た夢が蘇《よみがえ》った。三木谷はパソコン画面を覗《のぞ》き込む。重たげなバストがすぐ肩のところに来ていた。

「秋山さん、なんかあったんですか?」

その時少し不謹慎なことを考えた。

土曜に遅くまで友人と飲酒、日曜の午後まで寝入って、異常に気付いた友人が病院に連れてきて、入院。

その、酒を飲んでいた友人って、もしかして三木谷君じゃないのか。

だとすれば、秋山の再入院を知って、知らぬ顔をしているということか。

肩の位置、今にもふれそうな所に三木谷陽子のバストを感じる。生々しくて、想像することに背徳さえ感じる。

心の中で一つため息をついた。

俺、医者なんだから。

「秋山さん、再入院したんだ。昨日」

三木谷はえっと小さく声を上げる。そして目にもあざやかに困惑したのだ。それはちょっと迷惑そうに見えた。

「どうしよう」

それから三木谷はドアに向かって進み出した。

そのあとを目で追った。秋山の病室に駆け込むのかと思ったのだ。三木谷は戸口で立ち止まった。それからいきなり回れ右をして、こちらに向き直ると、あたりに人のいないことを確認して、とことこと戻ってきてしまった。

「あのね、先生」

——やっぱり深酒の相手は三木谷君であったか。ここは一つ、大人の男として。

「あたし、ちょっと困ったことがあるんです」

「はいはい」

「でも、内緒にしてほしいんです」

「ハイ」と神妙に答えた。

「大人の人間として、度を越えたことでなければ」

三木谷の顔が曇る。

度を越したのか。

三木谷のことをかわいらしいとは思うが、だからといってどうこうしようとは思わない。女性というより「女体」の色合いが濃い。そういうタイプにはいささか腰が引けるのだ。

その三木谷がじっとこちらを見つめた。

「あのね、秋山さん、退院の時、あたしにペンダント、くれたんです。高そうなペンダントで」声を落として、その分、顔が近付く。

「箱入りだったからわからなかったんです。返そうと思いながら、そのままになっていて。これって、看護師として、どうなんでしょう？」

俺は考え込んだ。看護師としてどうなんだろうということより、あの抱擁と接吻は事実か否かだ。

「今、病室に行って、お返しすることにしますって言って、明日家から持ってきて返すってのも、間が抜けていますよね。でも今日は今から取りに帰る時間もないし。明日返すっもりなのに、その話題に触れないまま今日一日顔を合わすのもなんだか気まずいような――」

三木谷はそれからもしばらく喋《しゃべ》り続けた。どうも外出したとき、買ってきていたらしいんですよね。入院患者に気の落ち込むような仕打ちをするのも、どうかと思うのだけど、でも貰《もら》っておくわけにもいかないし――「ねぇ、先生、どうしたらいいと思います？」

その声が、わずかに鼻にかかっていた。

俺はそろそろと、三木谷の困惑が本物であるという結論に達していた。だいたい俺にそんな作り話をする必要がない。だから、彼女の話は事実なのだ。退院前の秋山の「いいこと」とは、一目ぼれした若い看護師にプレゼントをするというイベントだったのだ。

「あのね」と三木谷の話の腰を折った。

「秋山さん、軽度の意識障害なんです。突然の脳萎縮を起こしている」

三木谷がはっとした。

「前日、快気祝いで深酒して、それでね」

それは看護師の顔だった。いや、そういう時の「女の顔」を知っているわけでないので確たる根拠があるわけではないが、それはプロの顔であり、要は身内を心配する顔ではなかったのだ。

「だから、返しても返さなくても秋山さんにはわからないんです。気を悪くすることができるほど回復したら、どうであれそれは彼にはめでたいことなんだ」

全快してこそ、ペンダントを受け取るか受け取らないかが問題になる。意識障害から回復すれば、たとえ三木谷にひっぱたかれる羽目に陥っても幸せなのだ。脳萎縮をきたせば、意識障害が進行して、植物状態に陥る。寝たきりは循環、代謝力を弱める。食事、排尿ともカテーテルを使って人工的に行う。そして免疫力が下がる。死は、血液に細菌が入る「敗血症」を契機に、肝臓、腎臓、心臓、肺などの多臓器に不全を起こして、全身合併症という形でやってくる。逃れられない。

三木谷が困惑気味に言った。

「そんな病気だったんですか」

そんな病気じゃなかったんだ。

シャウカステンに秋山のCT映像を映し出す。

枯れた針葉樹のように、厚みをなくした大脳皮質。――脳萎縮の原因なんて。

「……まるでわからない」

秋山和雄の容体は悪化の一途を辿《たど》った。

造影CT、MRI、タリウムスペクト（画像診断）。考えられる検査は全て行った。しかし脳萎縮に結びつく原因はわからなかった。医療事故の可能性も検討されたが、間脳構造に損傷はない。そうするうちにも秋山の脳萎縮は進行し、意識は低下していった。

このままでは死ぬのを手をこまねいて見ているだけだ。

森岡は電気治療を提案した。

確かに動物実験では電気治療により、髄液中のドーパミンが若干増加する。それにより脳がもう一度活性化するかもしれない。

しかし俺は、秋山の手術前のCTから目を離すことができなかった。

秋山の過形成は第三脳室付近、間脳部分に発生した。正確には視床下部だ。あれが単純な過形成だったとすれば、彼は視床下部の脳を増やしていたということになる。

CTには二センチほどの影がある。その小さな影を見つめる。

あの時森岡が硬膜を取り落とし、髄液がはねた。しかし正常な脳なら、髄液はくも膜《まく》の下にあるはずだ。硬膜を落としても、髄液が跳ねたりはしない。髄液がくも膜を越えて硬膜下に溜《た》まっていたとすれば、脳に何か別の問題があったということだ。

俺は脳萎縮と髄液を繫《つな》いでみた。すると「プリオン」という単語が現れた。

プリオン。

それに気付いた時、背中の奥底が凍りついたような気がした。

プリオンは元々、脳が持っているタンパク質だ。それがなにかの間違いで「異常プリオン」になり、牛の脳を萎縮させたのが、狂牛病といわれた牛のBSEだ。BSEに感染した牛の肉を食べることが怖いのではない。脳が怖いのだ。脳内の異常プリオンを取り込むことが怖いのだ。取り込めば、その個体もまた脳萎縮を起こす。

髄液には脳から常に色々なものが染み出している。異常プリオンもまた、染み出ている。

それなら髄液と脳萎縮が結ばれる。

俺は秋山のCTを見続けていた。

――あり得ないことだ。秋山にはBSEの所見はなかった。

落ち着けと自分に言い聞かせた。

確かに秋山の髄液を目に受けた。しかしそれがどうだというのだ。あれは薄い血液のようなもの。中枢神経を危険にさらす外力を分散、吸収させるクッションの役割をになっているだけだ。大体髄液に流れ出すものは過剰な細胞外液――いや。

思考が止まった。

髄液はリンパ系の代わりに脳内で脳内物質を移動させている。

第三脳室の周囲にある脳組織を総称して間脳という。間脳は特定の機能を持っていない。

個体の生存に必要なあらゆる情報の流出流入が行われている場所だ。ゆえに間脳は伝導路とも呼ばれる。間脳は役割の上から、「視床下部」と「視床」の二つに大別される。

間脳の四分の三を占める「視床」は視覚、聴覚、体性感覚など、殆《ほとん》ど全ての末梢《まっしょう》感覚器官からの感覚情報を受け取り、情報を整理選択して、大脳皮質に伝達している。いわば感覚情報を生命中枢に渡す中継基地だ。大脳辺縁系や脳幹と神経回路を形成して感情をも整理すると言われている。

一方、視床下部は自律神経を司《つかさど》る。神経内分泌ホルモンを合成する場所であり、また、血中への放出も指令する。血圧や消化管活動などの内臓機能の調節、物質代謝や内分泌機能の調整、さらには情動行動に強い関わりを持っている。わかりやすく言えば、食欲、性欲、情動を左右する。

そしてその全ての脳内の神経物質の移動は、脳内を満たしている髄液を介して行われていると考えられている。

脳はいまだにブラックボックスだ。特に間脳の構造や髄液の役割についてはいろいろな仮説があり、どれもいまだ証明には至らない。髄液の成分や生理機能もまた、解明されたわけではない。しかし少なくとも、人間の視覚、感情、生命維持の全てを司る脳内情報の移動を、髄液と切り離して考えることはできない。

ただ多くの場合、髄液は情報伝達物質を運んでいるにすぎない。

しかし視床下部は別なのだ。

視床下部は、神経伝達物質や内分泌ホルモンを血中に放出するとき、その量を、髄液を通して直接血中濃度を感じとることで、調整している。

視床下部のみが、髄液を内部に導き入れ、直接分析する。

視床下部は髄液を内部に直接導き入れる——

その髄液が何かに汚染されていたとすれば。

自分は確かに、見るはずのない中屋朝子の緊急入院の現場を「見た」のだ。遊園地で、置いて行った妻子の姿を見た。そして知るはずのないセザンヌのことを知っていた。訳しようのないフランス語が脳裏に浮かんだ。そして秋山は「頭が自分だけのものになったような気がします」と言った。

CTの中の二センチの影を見つめる。

この二センチの肉塊を切り取ったことにより秋山は頭を「自分だけのもの」にした。同時に俺は知るはずのないことを知るようになった。その二つの事実を媒介したものはあの髄液だ。あれが目に飛び込んでから——あれが目に飛び込んだから。

「どうかしましたか?」

森岡の声に身震いした。

「脳循環・代謝改善薬を使ってみようかと思うんだ」

森岡は驚いた。

「あれは視床下部刺激ホルモンで、秋山さんの場合保険適用はないですよ」

森岡は気づかわしげな顔をした。

「レセプト（保険診療報酬）の時、ひっかかりますよ」

保険診療で使う薬は、薬剤の安全な運用のために適用できる疾病を限定している。申請許可された疾患以外に使えば、保険金の支払いが拒否されて、費用は全額病院の負担になる。

「脳萎縮で死亡する患者が珍しいわけじゃない。しかし原因不明というのが、割り切れないんだ。臨床研究として購入するよ。そうすれば大学側にも森岡くんたち主治医にも迷惑はかからない」

虚《うつ》ろな声で滑《すべ》るように話していた。まるで自分の声じゃないみたいだ。

「特殊治療に当たることはわかっている。今回限りということで試させてくれないか。人事を尽くしたという気になりたいんだ」

森岡が感激している。俺はその感激に後ろめたさを感じる。

秋山の回復を望むのは、医師としての責任からではない。

秋山が脳萎縮を起こしたということが、怖い。俺はいま、患者の死が怖いのだ。森岡には言えない。言えば——いや、明確に自覚してしまえば科学者としての己《おのれ》を失う。

秋山は知っていたはずのセザンヌを忘れ、俺は見知らぬはずのセザンヌを知っている。

秋山は見るはずのないロッカー泥棒の映像を以前見ていて、いま、俺はみるはずのない映像をみる。

俺は秋山の髄液を目に受け、秋山はいま、脳萎縮を起こしている。

この異変が、あの髄液から始まっていたのだとすれば。

俺はその時、こう思ったのだ。増えた脳が秋山のものでなかったのだとすれば——と。

寄生

セザンヌは確かにあの髄液に乗って、秋山を去り俺に移動したのだ。

脳循環・代謝改善薬を秋山に投与した。

しかし、その薬も秋山の病状を変えることはなかった。森岡の言う電気治療も、秋山を目覚めさせることはなかった。

ベッドに横たわる弟を前に、金田静子は俯《うつむ》いたままだった。

「弟はもうだめだということですか」

「現在の医学では説明がつかないのです」

少し、沈黙があった。

静子はポツリという。

「和雄は喜んでおりました。電話の声が前よりも明るくて。病院は楽しい所だったと言っておりました。看護師さんたちが、みなさん優しく接してくれたと、なんだかうきうきしておりました。先生のおかげで生き返ったと」

先生のおかげで生き返った。先生が自分のなにかを肩代わりしてくれたおかげで。一瞬そう聞こえた。

三木谷が俯いた。

俺は黙っていた。

考えすぎだ。落ち着くんだ。そう、自分に言い聞かせていた。

「会わせておきたい方があれば呼んであげてください」

「特には……」

「誰かいるでしょう」

優しげにそう聞いた。森岡が怪訝《けげん》な顔をした。それでも構わなかった。いつから煙草を吸い始めたのか、いつからセザンヌに興味を持ったのか。秋山のことを知っている人を確保しておきたい。

「お別れをする人がいないのは、寂しいことです。思い出してあげて下さい」

静子は俯いた。

「弟は以前結婚しておりました。和雄が再入院してから、その人に見舞いに来てくれるようにと言ったんですけど、断られたんです」

その女性なら何か経緯を知っているかもしれない。

「随分つれないんですね」

うまい繋ぎとはいえない。ただ、なんとかその女性を話題にしたかった。

「あの人はいまでも和雄のことを誤解しているんです」

「よろしかったらお話しいただけますか」

静子は目を伏せたまま、ぎこちなく頷いた。

「結婚した時、嫁には十四歳の連れ子がいました。もともと、夜になると出歩く娘だったんです。嫁はそれを大して気にするようでもなくて。そのうち学校に行かなくなり、高校に入ると、家に帰って来なくなったんです。大人の男ともつきあいがあったようで。ある日見かねて、和雄がその連れ子に意見したんです。人様に言えないような付き合いをするなって。相手の男のところにもそう言いに行きました。相手の男たちは娘の年を知らなかったそうで、和雄が行くとあわてて、もう会わないと言いました。娘の夜遊びのことはそれで落ち着いたんですけど、問題はそこから始まったんです」

静子は一言区切ると、言った。

「嫁が、連れ子と和雄の仲を疑り始めたんです」

「秋山さんと……ですか」

「はい」

静子は一瞬顔を上げたが、俺の顔を見るとすぐにまた、俯いた。

「嫁は当時スーパーの夜間のレジ打ちのパートに行っていたので、夜は和雄と連れ子の二人になります。連れ子がいうには、和雄は、昨日またあの男にあっただろうとか、今日は学校にいかなかっただろうとか、連れ子に言っていたんだそうです。それである日連れ子は母親に、和雄が自分をつけまわしていると言った。和雄の言ったことは全部本当だったようなんです。娘は母親に、自分に盗聴器をつけているんじゃないかとか、会社を休んでつけ回しているに違いないだとか言ったそうです。和雄のことを、気味悪いって。嫁は、娘が夜遊びすることは気にしなかったのに、和雄が、血のつながりのない娘の行動をよく知っていると聞いて、顔色を変えたんです。そもそも、なんであんたがうちの娘の売春まがいの相手を知っていたのかって。問い詰められて、和雄はしどろもどろになったそうです。娘に聞いたとか、そんな気がしたんだとか。今度は嫁が納まらなくなった。家の中はもうめちゃめちゃになって、一度は近所の人に警察まで呼ばれる騒ぎになりました。嫁は娘を追い出して。それでも嫁の怒りは納まらなくて。同じ女なら、若い方がいいんだろうと言われて。それでもなんと言われても、連れ子が入ったホテルの名前から、男が払った金額まで知っていた理由を、和雄はちゃんと嫁に話すことができなかった」静子はその時、一層顔を沈めて、恥じ入るように呟いた。「だから、そういうことは言っちゃいけないって何度も言ったのに」

そういうこと——それは「普通の人なら見るはずのないこと」だ。誰がロッカーでものを盗んだのかとか、誰かの目に髄液が飛び込むだとか。俺は、手術の説明の日、秋山が俺に、眼鏡をかけるように言った時、静子が机の下で秋山の膝《ひざ》を叩いたその様子を思い出していた。音のしそうな強さだった。

「それは何年前ですか」

静子が不思議そうな顔をした。

「娘さんの素行についていろいろ意見していた時期です」

それ以上注釈を加えず、質問の撤回もしなかった。静子は考えて、答えた。

「七年ほど前だと思います」

「そのころ、体調について、例えば頭痛などの脳の異常について、なにかおっしゃっていましたか」

静子は心細そうに答えた。

「いいえ。その時はそんな話は聞きませんでしたけど」

目を瞑《つむ》った。安堵《あんど》の息が漏れた。

頭痛は脳圧が上がった時の症状としては典型的なものだ。少なくとも七年前には彼は特殊能力を持ち、かつ、脳肥大の兆候を見せていなかったことになる。だとすれば能力の存在が直接脳の、生命に関わる肥大とは結びつかないということだ。

「でも」

静子の声に、顔を上げた。

「頭痛なら、東京に出た直後からあったようです。持病のようなものだと思っていましたから」

東京に出た直後――

「何年前ですか」

「十五歳でしたから……三十七年前でしょうか」

俺は自分の声がわずかにうわずるのを感じた。

「東京に出る前はなかったんですか」

静子は少し思案したが、それは思案のしようのないことを思案しているような、心もとなげな表情だった。

「なかったと思います」

そうだ。静子は以前、秋山和雄の嗜好《しこう》が東京に来てから変わったと言った。肉を食べなくなったと言ったのだ。脳腫瘍が障《さわ》っていたのだろうかと、聞いた。英字新聞を面白そうに読んでいたとも。

「東京に出た直後、秋山さんに何か変わったことはありませんでしたか」

できるだけ静かに聞いた。森岡が奇妙な顔をしている。

「交通事故現場に出くわして、とても怖かったというのは電話で聞きました。トラックに積んであった木材が落ちて、通りがかりの人が何人も怪我をしたんだそうです。東京に出て一週間もたっていなかったので、毎日電話でやりとりしていたころでしたから覚えています。救急車が来るまで近所の人が総出で手当てをして。木材の下敷きになった人は頭が半分潰《つぶ》れていて、和雄はその人の介抱をしたそうです。そりゃ驚いたようで。着ていたシャツが血だらけになったけど、いいことをしたのだからと下宿先のおばさんが新しいのを買ってくれたと言っていました」

半分潰れた脳。むき出しの、脳。

十五の彼にどんな介抱ができただろう。血を拭く——頭を持ち上げる——そのとき彼がどこかに、指に切り傷でも持っていたら。いや、下敷きになった人を助けるために木材を持ち上げたかもしれない。それだけで擦《す》り傷なら簡単にできる。その手で彼がその人間の髄液に触れた——

俺はその現場を見ているような錯覚に捕らわれた。

「もちろん」俺は深呼吸した。

「ご両親が亡くなったのはそのあとですね」秋山和雄は両親の死を予知——いや、その日に見ていたのだ。

「はい。両親が死んだのは、和雄が上京して三年目のことでしたから」

手術の現場は事故の現場に酷似する。それは皮膚の中に囲われていたものが外気に触れる瞬間でもある。

体内のものが体外へと遁走《とんそう》できる。

俺の頭の中に浮かんだ言葉はなぜか「流出」ではなく「遁走」だった。意味なく流れ出したのではない。宿主の死亡を認識して、とっさに移動し、同時に彼の指の傷をめがけたのだ。

そう思い付いたとき、身震いした。

落ち着け。天才の脳は重くはない。なぜそんな暴論に浸《ひた》るのか。

それでも秋山に脳萎縮を起こす原因が見当たらない限り、原因はどうしてもあの「脳の一部」を切ったことに戻ってくる。その部分を取り除いたから、秋山は脳萎縮を起こした。彼らは脳を肥大させ、彼らが消えたとき、脳は力尽きたように萎縮を始める。

いや――脳を切ったことではなく、「彼らが移動したから」脳は萎縮を始めたのか。増えた脳は彼らの活動の結果なのか、彼らそのものなのか。

どちらにしても彼らは宿主を食いつぶして生き延びていることになる――

自分の推理のどこまでが真実でどこからが妄想なのかわからなかった。なぜ、それが「それら」でなく、「彼ら」と、自分が認識するのかも、自覚していなかった。確かに秋山は不審な死を迎えつつある。俺と秋山の間にある共通項は、認めようとすれば認められる、しかし無視しようとすれば無視できる程度のものだ。しかしただ一つ、俺にはどうしても消し去ることのできないものがある。

それは、あの日、髄液が「伸び上がった」ということだ。

間違いなく不自然に伸び上がって俺の目に「飛び込んだ」。髄液は本来、硬膜の上にはない。それなのに、そこでスタンバイしていたように、あの髄液は硬膜の上に滲み出していた。

脳は未知であり、自然科学は不完全だ。知らない病気や、それに伴う症状があっても不思議ではない。でも、重力に逆らって伸び上がるのは自然科学上、不自然だ。重力に逆らうことができるのは、内部にエネルギーを持つものだ。それが意志を持ってそのエネルギーを使った場合のみ、自然科学だけでは不自然な事態が発生する。

俺は初めてそこで、自分がそれらを「彼ら」という、その理由に気がついた。

「伸び上がる」には、意志が必要なのだ。

だから「彼ら」なのだ。

秋山の寝入ったような顔を見つめていた。

三十七年前、彼らは割れた頭蓋骨から流れ出る髄液に混じって宿主から脱出した。そして間をおかずに、そこにあった傷口から新たな宿主へと滑《すべ》り込んだ。新しい宿主の髄液内に入り込んだ彼らは視床下部にたどり着く。もしかしたら初めは血液内に侵入して、血液に乗って何度か体内を循環したかもしれない。しかし彼らが秋山の脳体積を増やしたということは、彼らが脳内物質の一部に極めて類似していたからだ。それは彼らが髄液に乗って移動していたことからも推定できる。

彼らが住めるのは脳だけではなかったか。彼らは髄液内に潜み、視床下部が、血中濃度を感知するために髄液内に放った神経物質を回収する時、便乗して視床下部内に侵入した。外から脳活動をするものが入ってきて活動すれば、よく使う部分には筋肉が増加するのと同じ理屈で、脳はそれに伴って遺伝子に定められた以上の増加をしたかもしれない。それは、そこに新たに彼ら用の「脳」部分を作り出してしまうということだ。

彼らは住み着き、体積を増加させた。

彼らが宿主に安定して住み着くほど、脳体積は増加する。そしてその体積は宿主を圧迫する。もちろん脳内で生息する彼らは、その道理をよく理解しているだろう。宿主は彼らの存在のために脳圧を上げて、最後には死亡する運命にあるということを。

秋山の脳圧は確実に上昇していた。彼らは、随分前から、このままでは宿主が死亡するということをよく知っていたのではないか。秋山の中にいたままその時を迎えたならば、共に朽《く》ちるしかない。彼らは脱出しなければならなかった。しかしそれには皮膚が破られて、その上そばに生命反応のあるものが体内への道を開いていなければならない。事故か——手術のときしかない。彼らは脱出の機会を窺《うかが》っていたに違いない。

初めて手術の話をしたとき、俺の言葉を、宿借りたちは耳を澄ませて聞いていたのだとすれば。

だって患者って、みな病気持ちですものね。

彼の言葉が寂しく蘇った。

秋山は義理の娘のことを心配していたのだろう。だから娘の行動が見えてしまった。もっとも見たくない娘のプライバシーを見せつけられた。彼は苦しんだだろう。挙げ句に家庭を失ったのだ。そしてやっと「自分の頭が自分だけのものになったような気がした」時、彼の脳は彼を乗り捨てるように萎縮を始めた。

哀れだと思った。その時初めて、やっと見つけたように、彼の死を、彼のためにかわいそうだと思ったのだ。彼が三木谷のことが好きだったというなら、せめて、彼女との接吻と抱擁が現実のものであればよかったのにと思った。

彼の脳は、ただ小さくなり続けた。大脳の厚さは正常の半分までになり、反応もほとんどなくなった。一カ月を過ぎて、彼は脳幹という生命中枢だけが生きている「植物状態」となっていた。

死が、近かった。

上がって来るエレベーターのドアが開いて、そこに荒井の姿を見た時、彼のことをすっかり忘れていたことに気付いた。一瞬、踵《きびす》を返して逃げ出したいような気がした。狭いエレベーターの中で二人きりになる。

中には荒井の他に三人乗っていたが、三人とも入れ替わりに下りてしまった。狭いエレベーターの中で二人きりになる。

荒井は声をかけて来なかった。無視しておけるものなら無視したい。しかし自分から話しかけなくてはならないのだと思った。荒井が最近何をしていたかを懸命に思い出した。

そしてやっと口火を切る。

「先生、アメリカの学会はいかがでしたか。先生の今回のご発表は確か、脳動脈瘤《のうどうみゃくりゅう》手術のシンポジストでしたね」

荒井はウムと、気のない返事をした。

「ハーダー教授も発表していたが、僕と同じレベルの手術成績だったよ」

エレベーターの階の移動を見つめた。荒井の准教授室は八階にある。あと三階上昇する間、話を繋がなくてはならない。

なんで話を繋がないといけないのだろう。それでも繋がないといけないのだ。なぜならわれわれはサラリーマンだから。会議で論争するのとエレベーターの中で無視するのは決して同じではないのだから。ああ、それにしてもいつからこんなに気の小さい男になったのか。

気の小さい男。静子の言葉が蘇って、——気の小さい素直な子で——懸命に思い直した。

気が小さいのは俺自身の性格だ。俺は昔から気が小さかったんだ。

髄液が意志を持って遁走することはないし、だいたい髄液は体液の一種で害はない。秋山和雄の感染症は陰性で、そもそも予知能力なんて存在しない。人間には誰にだって共通項の一つや二つはあるものだ。俺が秋山和雄との数少ない共通点を懸命に探し出しては怯《おび》えてみるのは、若い女性が星占いにはまるのと同じだ。

なんの根拠もない。

それどころではないのだ。いま、荒井と一つの箱の中にいるのだ。アメリカの学会——なんだか知らんがシンポジスト。荒井に向かって不器用に言葉を繋いだ。

「是非詳しくお話を聞きたいものです」

そこで無様《ぶざま》にもぷっつりと話の接ぎ穂がなくなってしまった。今六階を通過する。あと二階。エレベーターの階数表示板を見つめて、祈るようにそう思ったその時だった。

「それより折り入って君に話があるので、夕方、私の部屋まで来てくれないか」

思わず荒井の顔を見た。何食わぬ顔をしているのが、ひどくうさん臭く見えた。

「はい」と、それでも返事はする。それから遅ればせにスケジュールを思い出す。三時から脳腫瘍総論の講義をするのだったと思い出す。

「四時半に四年生の講義が終わりますので、それ以降ならうかがえます」

表示板の八が点滅してドアが開く。

「では五時ごろに」そう荒井は言って、エレベーターを出て行く。俺は馬鹿丁寧に「はい。では五時ごろに先生のお部屋に参ります」と繰り返した。

気に入らないやつではあるが、准教授だ。

絵里香の「パパは講師！」という屈託のない声が思い出された。昨日の夜はやっと一緒に食事ができた。そういえば、あの時絵里香が不思議そうに言った。

「最近パパ、よくお酒、飲むねぇ」

なぜ突然その言葉を思い出したのかはわからない。突然、浮かんだのだ。

最近、晩酌がうまい。

なぜだろう。荒井の言葉が気になりながら、娘の、そんなどうでもいい言葉が頭の中に居すわるのだ。

荒井の呼び出しを不審に思いながら、「晩酌がうまい」に続いて「煮物が食いたい」と、ひどくはっきりと意識する。

意識に上がってくるものの優先順位がおかしい。わかっているのにどうしようもない。「食べ物」のことが、大きく自分を支配しようとする。この前、十時間に及ぶ手術があった。その間も、なぜだか「煮物が食いたい」と、頭のどこかが連呼した。それをまた、思い出す。

そして荒井のことを考えながら、食堂でメニューを眺める。うどん定食を食べるつもりなのに、目はガラスの中の、煮物定食のディスプレイに見入っている。

今日は大根の煮つけだ。汁の染みた——ひどくうまそうな。大根の煮物とうどんと荒井准教授の事が等価で頭の中を三分割し、それらが脈絡なく行き来していた。そしてそれは、ひどく居心地の悪いものだった。とても、ひどく、居心地の悪いものだったのだ。

五時。八階でエレベーターを下りた。

荒井の話はなんだろう。

手術監督の交代くらいしか思いつかなかった。でもそれだけにしてはなんだか威圧感があった。考えたって仕方がない。何にしろ、准教授と喧嘩して勝てる講師はいないのだから。

荒井准教授の部屋の前まで進んだ。かっきり五時であることを確認し、呼吸を整えた。そして二回ノックした。

中から荒井の声がした。ドアを開けた。

ちょうど、テレビドラマに見る重役室のように、窓を背にして大きな机を構えている。荒井はその机の前に座ったまま、顔も上げなかった。論文のようなものを気のなさそうに捲《めく》っている。

入り口前には小振りの応接セットが置いてある。荒井はそこに腰掛けるように言った。が、自身は自分の大きな机から動こうとはしなかった。逆光で、荒井の顔が影になり、威圧的に見えた。

「ご用件というのは」

荒井はその、威圧を与える場所に座ったまま、顔さえ上げない。

「君、高田総合病院を知っているよね」

茨城県にある総合病院だ。「はい」と答えた。しかし知っているとは言っても、名前だけだ。他の知識と言えば、荒井と高田総合病院の院長が大学時代の同級生で、懇意であるということぐらいだった。中屋朝子の手術をした日、その高田総合病院に行くからと、荒井は手術監督を頼んできたのだったと記憶している。

荒井はまだ、捲っていた。あれは論文ではない。雑誌だ。ドイツ語で書かれた医学雑誌。俺にはドイツ語の論文なんか、読めない。

「脳外科をリニューアルしたいと相談を持ちかけられていてね。新しく大学から科長クラスの派遣が欲しいそうなんだ」

荒井がそう言った。俺は、誰がいるだろうと考えた。しかしなんでそんなことを荒井が直接自分に相談するのだろうかとも、考えた。人事は主任教授を通すのが筋だ。荒井はやっと雑誌を閉じた。

「五十過ぎの脳外科常勤医がいるのだが、院長と折り合いが悪くて、辞めさせたいらしい」

そういうと、俺をじっと見つめた。

荒井から個人的に相談を受けるような間柄ではない。一体何が――そう思った時、荒井の言葉が飛び込んだ。

「君、どうかな」

俺は耳を疑った。

――それは大学から出て行けということか。

どんなに薄給であっても有能な医師たちが大学病院に残るのは、大学病院で仕事を続けることにそれを補って余りあるものがあるからだ。それは意地かもしれない。目的かもしれない。先端医療に従事しているという、もしくは医療体系の心臓部にいるという自負かもしれない。

彼らのうちで助手になれるのは五分の一に満たない。助教から講師に格上げされるのは、助手のうちの三十パーセント弱だ。すなわち俺は、四十二歳で、上位六パーセントに入っていた。

教授を頂点にしたピラミッドの、五合目を越え、そして今もなお確実に登り続けている。いや。登り続けていると思っていた。

ここで大学を去れと言われるのは、打ち勝ってきた九十四パーセントの人々の中に落ちていけというに等しい。

俺はあの村田から直々《じきじき》、研究テーマを与えられた研究者であるというのに。

「村田教授はこの話をご存じなのですか」

「派遣の依頼が来ていることはご存じだよ」

青ざめていたにちがいない。まあ、と荒井は、俺の様子を楽しむように立ち上がる。

「君なら手術もできるし、人望も厚い。医局から若手を募れば、立派な脳外科が築けるんじゃないかと思うんだよ」

そして目の前にドンと座った。

それは詐欺師のセリフだ。それは、不毛の地を楽園だと売り込んで遠い地に人民を捨てた、冷血な官僚のセリフだ。彼らは送り出したが最後、彼らのことなど思い出すこともない。そんなセリフをよりによってこの俺が――

これは――なんだ。

目の前には荒井がいる。

「私はもう少し脳腫瘍と脳内神経伝達物質の研究を続けたいと思っています。村田教授から頂いた課題でもありますので」

「村田教授」という言葉をことさらにはっきりと言った。彼との関わりを強調しておきたかった。荒井は村田教授のただの取り巻きだ。しかし自分は、間違いなく教授の側近なのだ。

しかし荒井が俺を見ているその目は、まるで見下すようだった。

「村田教授の退任まであと二年。そろそろ君も将来を考えておくべきではないかと思ってね」

こいつは俺の将来はここにないと言いたいのか。かっと血が昇った。

「はい。ただ、今はもう少し研究を続けたいと思っています。身に余るお話を、申し訳ありません」

荒井から目をそらさなかった。今お前は俺の権利を侵害している。俺はそれを理解し、抗議している。その事実を荒井に知らしめるために。

しかしそのとき、荒井もまた決して目をそらそうとはしなかったのだ。そんな憤慨《ふんがい》がいかほどのものだと思っているのか？――冷たい視線が、そう言っていた。

礼をして荒井の部屋を後にした。

村田教授の退任まであと二年。そして二年経った時、俺の憤りは彼の言う通り、誰の脅威にもならなくなるのかもしれない。俺は村田教授に愛され、村田教授に研究課題を貰い、それを忠実にこなしてここまで来た、いわば。

いわば小判鮫だから。

――なんだ。

誰かが意識に書き込んでくる。

荒井と話している途中にも突然、始まった。あれは自分で考えたことではない。俺は、考えていたことを中断されて、危うく荒井を見失いそうになったのだから。

そして今度は、俺が、小判鮫だというのか。小判鮫とは、どういう意味だ。

——まだわからないのか。

村田が教授であったから、お前はその恩恵を受けてきた。村田が教授でなくなった瞬間、その恩恵も消える。そして誰かがまたお前のように、新しい教授の恩恵を受けて階段を登るのだ。

お前はまさか、自分の実力だけでその世界にいるのだと思っているのではあるまいな。

お前より優秀なものが日の目をみることなく朽ちていく。

お前はただ、恵まれていただけだ。

お前を、その誇らしい、六パーセントの枠に入れていたものの正体がなんだったのかを、よもやまるで知らないとは、いうまいな。

——お前は誰だ。

突然、強烈な高音が頭の中に突きささったような気がした。

俺を返せ、俺を返せ、オレヲカエセ　オー　セー

音が分解されていった。これは声ではない。デジタルだ。変換音なのだ。だから、分解されるのだ。

信号音に変わり、そして全てが消えた。

俺は廊下の中央で立ちすくんだ。

耳を澄ませたが、もうなにも聞こえない。

荒井のあの目だけが、そこに真実として残った。

あいつはお前に余命を宣告したのだ。

誰かが俺の頭の中にいる。――

本当に、廊下に立ちすくんだ。

四

最初に割り込んで来たものは、俺の意識に便乗するようだった。しかし二つ目は明らかに違う。俺と対峙《たいじ》したのだ。いや、語りかけてきた。そして三つ目は、前の二つとはまるで違う。飛び出して来たのだ。思い出すに、三つ目は「オレヲカエセ」とは言っていなかったような気がする。何かが頭に突きささって、それが「オレヲカエセ」と反響した。俺が「俺を返せ」と理解したのだ。そして理解した言葉自身が、崩れていった。

あの一瞬、古い石畳が見えたような気がする。ヨーロッパの古い町にあるような――

秋山和雄は意識が回復しないまま、全身悪化の状態に突き進んでいた。

重症の肺炎と呼吸器不全が重なり、貧血が進み、肝臓に腎臓、心臓など多臓器にわたり機能が低下した。

強心剤を極量投与した。それでも血圧は六十を切り始めていた。

いつ心臓が止まってもおかしくない。

森岡は、姉の静子を呼ぶ時期だと判断した。

十月。知らせを受けて、静子が夫を連れて来院した。

秋山和雄は全身からチューブを伸ばし、痩《や》せて横たわっていた。静子はハンカチを握りしめた。

森岡が神妙な顔で、言う。

「あとはご本人の体力次第です。手を尽くしていますが、危険な状態ですので、このまま待機することをお勧めします」

しばしの沈黙のあと、静子の夫が尋ねた。

「脳腫瘍《しゅよう》は悪性ではないと聞いていました。なんでこんなことになったのですか」

森岡がこちらを見た。助けを求めている。俺は黙っていた。森岡は苦しそうに、続けた。

「正直申し上げて、不明です。確かに悪性ではありませんでした。秋山さんの腫瘍は、細胞が増殖したもので、珍しいものでしたが、切り取れば問題はなかったんです。その後の突然の脳萎縮《いしゅく》について、何度も専門的な文献を調べましたが」

そして彼は言葉に詰まった。

枕元にあのセザンヌの画集がある。それを見つめて、俺は考えていた。

秋山は長い間、頭痛を抱えたまま生きて来た。それは、肥大した脳を切り取ることが彼らに死を意味したからだ。しかし放っておいたら秋山の死と運命を共にするしかないのだと観念した彼らは、あの瞬間、秋山の身体を捨てる決断をした。手術には脱出へのチャンスがあったから。

秋山は蒼白《そうはく》になった。そして驚くほどあっさりと手術を了解した。そしてあの日、髄液は突然伸び上がるようにして俺の目に飛び込んだ。

あのときの秋山の表情が鮮明に蘇《よみがえ》った。

あれは確かに諦《あきら》めの表情だった。一点を見つめた表情が、ふっと緩《ゆる》んだ。あの時俺は、秋山が、自分の病気に気付いていて、ただ真実を知るのが怖かっただけなのではないかと思った。でもあれは、彼らの、秋山の身体に対する諦めだったのかもしれない。いや――秋山自身があの瞬間、自らの運命を理解したのか。

彼らは移動した。そして秋山は、その現場を「予知」していた。

しかし不思議に思うのだ。秋山は警告した。もし秋山の警告通り眼鏡をかけて手術に臨んでいたなら、彼らは新しい宿主に移ることができず、死滅を迎えるしかなかった。にもかかわらず、彼は警告した。その上、その時彼はその映像の意味を知らなかったのだ。秋山があの映像の意味を知らなかったとすれば、彼は何を不安に思い、そしてなぜ、警告したのか。

秋山のうわずった声。思い詰めた目。――眼鏡を、かけられた方がいいかと思うのです。

森岡の声が、やっと続いた。

「類似する例はなかったのです」

いま、静子の視線が、森岡に突きさささるようだった。

彼らは医療には素人《しろうと》であり、ゆえに医師に全幅の信頼を置き、親族の死に際してその原因を問うている。

なぜ死亡するのかわからない――そんな言葉が医者に許されるのか。

俺はピクリと身震いした。

多くの親族は善良だ。医者にそう言われれば、そうなのかと諦める。しかしそれは無知がゆえの聞き分けのよさだ。お前たちはその善良さの上に、あぐらをかいているだけだ。

静子が小さな声で問う。

「今日、明日が峠《とうげ》ということですね」

森岡は辛うじて、答えた。

「残念ながら」

静子は小さく頷《うなず》いた。

弟の小さな人生が今、幕を閉じようとしている。姉がそれを懸命に受け止める。それを見つめて、俺は頭の中に耳を澄ませる。

――お前は誰だ。

声は止《や》んでいた。誰も答えるものはない。無知がゆえの聞き分けのよさ。頭の中で、その言葉が、アスファルトに乾いた落ち葉が舞うように、くるくると回っていた。

森岡の声が厳《おごそ》かにした。

「病室で付き添われてもかまいませんし、よろしければ院内の待機室をご利用ください」

俺は森岡とともに、目礼して病室を後にした。

秋山和雄の病状が急変したのはその数十分あとだ。

午後三時半、看護師の瀬口が医局に駆け込んできた。

「秋山さんのレートが延びています。三十台です」

部屋を飛び出した。ナースセンターには心拍監視システムが置かれている。病室よりナーステーションの方がわずかに近い。ナースセンターに飛び込んだ。『秋山』と書かれたモニター上に、変調した波形が延びている。

「主治医を呼んで！」

そう言うと、今度は病室に向かって駆け出した。

家族が病室にいた。彼らは動揺していたが説明している暇はなかった。ベッドサイドのモニターはアラーム音を発している。秋山の手首を取った。

脈拍、微弱。

モニター内に表示された心拍数は二十を切り始めている。心電図の波長は通常の三倍の長さを示していた。

点滴を早めると、救急カートからエピネフリンのアンプルを摑んだ。

瀬口を先頭に、看護師が走り込んで来る。

瀬口は聴診器で血圧を測ろうとしたが、すぐに耳からそれを外した。聴診器ではもはや、拍動音が聞こえないということだ。瀬口は超音波ドップラー装置を引き寄せた。

加圧された血圧計のメーターが徐々に下がっていく。

「拍動音が聞こえません」

静子が呟いた。「先生……」

すがる静子の声をかき消すように、瀬口がもう一度、繰り返した。

「だめです。拍動音が聞こえません」

死ぬのか、秋山。——心電図モニターが連続波形を示した。

「心室細動だ」

次の瞬間、モニターが平坦になった。そして呼吸器の警告音が高く響き始めた。

秋山の胸部に両手を重ねる。

「エピネフリンを静注（静脈内注射）して。それから森岡先生は」

「医局にコールしました」

看護師が薬剤のアンプルを切る。二度息を吸い、胸骨を圧迫した。

無駄なことはわかっていた。仮にここを乗り切っても、この数日、あるいは数時間のうちにやってくる死から免れることはできない。延命することになんの意味があるのだろうか。

求めるものは奇跡だろうか。

それともこの行為そのものが安っぽい偽善なのだろうか。

俺は、力一杯胸を押しながら、思う。いや。ただの惰性だと。

森岡と野口が飛び込んできた。心肺蘇生はその後一時間行われたが、秋山の心臓が再び動き出すことはなかった。

四時三十五分。心臓マッサージをする森岡を制止した。

森岡がその手を止めた時、波形は止まり、直線になった。

胸ポケットからペンライトを取り出し、秋山和雄の両目を照らした。瞳孔は完全に拡大し、対光反射もない。

秋山に装着していた呼吸器を止めた。

聴診器を胸に当てた。

心音も呼吸音もない。

秋山は死んだのだ。

森岡は聴診器を外しながら、腕時計に目をやる。

家族はすでにその死を受け入れていた。

親族がそこにいたならば、心臓マッサージは惰性でも、偽善でもない。しかし奇跡を求めているわけでもない。それは儀式だ。

医師が最善を尽くしたという事実を視覚に刷り込むための、そしてゆっくりとその死を受け入れてもらうための。

誰かがその人の生を懸命に守ろうとしたという、分かりやすい図。それは、その人の生命が最後まで尊ばれたという、親族の自負にも繋《つな》がる。人間は、そんな悲しいほど安直な自負心で生きているのだ。

「午後四時四十二分、お亡くなりになりました」

嗚咽《おえつ》がもれ、静子が取りすがった。「和雄。よく頑張ったね、頑張ったね」

それを聞きながら、俺は荒井の言葉を思い出していた。かつて死亡した患者の部屋を出たあと、言った。

「陳腐だよね。ああいうセリフ」

荒井は、親族の目がなければ心臓マッサージはしない。――意識があるわけでなし、生き返って、そのまま生き永らえるはずもなし。あんなもの、気休めだよ。

真実だと思う。それでもその「気休め」が当事者には切実なのだ。植物状態になっている患者の耳元に、泣く孫を寄せる娘。そしてそれに、「聞こえていますよ」と言った医師の胸の内を、いま思う。

荒井のような人間が教授職に収まったら。

そう思った瞬間だった。

あの音がした。シャッという、あの音。

取りすがって泣いているのは、静子ではなかった。それが妻の由紀子に見えた。

いや、由紀子は泣いてはいなかった。泣いているのは小さな女の子。絵里香だ。妻は、そのベッドの上をじっと見据《みす》えていた。気丈な姿。いや、放心しきった――

俺は瞬《まばた》きした。

看護師の声が聞こえる。今、体の中にいろいろな管が入っております。これからその管類を抜き、体を清拭《せいしき》させていただきますので、その間しばらくお待ちになって――

ベッドサイドを見つめた。泣いているのは間違いなく静子だ。看護師に促されて、部屋を出ていこうとしている。

彼と自分を重ねることは――滑稽《こっけい》だ。

ぼんやりとした頭の中に、まるで暗がりに電灯が灯《とも》るように、煮物が浮かんだ。鉛色《なまり》の陶器の皿に盛られた煮崩れた煮物。紫色の皮がつるりと光って、たっぷりと汁を吸い込んでいる。

茄子《なす》の味噌煮だった。

息が止まりそうになった。思わず、静子に声をかけていた。

「秋山さんは」

ちょっと大きな声だったので、静子はつと立ち止まり、振り返る。その間にも頭の中ではメニューが増えていた。

大根の煮物。イカの煮つけ。筍《たけのこ》とわかめの煮物。わかめは乱切りされた筍に薄布のように張りつき、エメラルドのように鮮やかに照り輝いている。

「秋山さんは、茄子の煮つけ、好きでしたか」

静子はぼんやりとしていたが、答えた。

「はい。茄子を味噌で煮たのが、母の得意料理でした」

ベッドに横たわった秋山を見つめた。

瘦《や》せていた。

彼は瘦せていたのだ。


森岡が病理解剖を勧める。

「大学付属病院は、教育、研究、診療の三つを使命としています。同じような病気で苦しまれる方々の治療に生かすために、病理解剖のご提案をさせて頂いています。もちろん、秋山さんの診断や病態を最終的に確認するという意義もあります。なお、このご提案は、御本人の意志や御家族の了解をもって行うものであり、強制ではありません」

森岡がこちらを見る。そしてまた話し始める。

「秋山さんの病気は大変に稀《まれ》である上、理解し難い経緯をたどりました。解剖させて頂ければ、今後の医学のための貴重な知見が得られると思うのです」

――秋山は腹をすかせていたのだ。だから無性に、俺が煮物を食べたくなった。俺が煮物を食べる時、秋山は満足していたのだろうか。

馬鹿馬鹿しいと思いたかった。それでも秋山の言葉が俺を押しつぶそうとする。

やっと、自分の頭が自分だけのものになったような気がします。

あの晴れ晴れとした声。

静子の答えるのが聞こえた。

「先生方には最後まで本当によくして頂いたと思います。ただ、和雄も大変な思いをしたことと思います。ですから、できればこのまま故郷に帰してやりたい」

森岡がまた俺を見た。遺族には無理強《じ》いしないという決まりになっている。これでいいのかという視線だった。

多くの遺族は病理解剖を拒む。勝手なものだ。自分の家族にはあれほど生きて欲しいと望むのに、同じ絶望を味わう他人のためになろうとは思わない。切り刻まれるのが嫌だから。

だけど結局、焼いて灰にするのだ。

俺も焼かれて灰になるのだ――

どうにかなりそうだった。森岡が返事を求めてこちらを見つめている。俺はただ、森岡の顔を見た。それを了解と受け取ったのだろう、森岡は遺族に向き直った。

「御意志を尊重させていただきます」

清拭《せいしき》がおわったら霊安室に移動する。葬儀社に心当たりがあれば連絡するように。もし心当たりがなければこちらで手配する。清拭がおわるまで待機していてほしい。それだけの内容を、森岡は丁寧に話した。静子がそれに答えている。このまま郷里の新潟まで帰したいので、そのように病院で手配して欲しい。

煮物を食べたいと思うようになったのは、秋山が再入院して意識を失ってからだ。秋山はずっと腹を減らしていたのだ。だから俺が煮物を——秋山の好物を食いたいと思った。秋山が意識の中に座り込んでいるような気がした、あの夏の午後を思い出す。季節外れの蜜柑《みかん》をくれた、あの日だ。いま、秋山は死んだあとさえ意識を投影し、食欲を満足させようとしている。

静子たちが部屋を出る。

森岡が言った。

「残念でしたね。解剖すれば、何かわかったかもしれなかったのに」

ぼんやりと思う。

もし、静子が解剖に同意していたら。

いま、もし秋山の体を、麻酔もせずに切ったなら、俺が痛みを感じたりして。

唇の端がひくひくと引きつった。笑ってみたつもりでいるのに、笑みが作れない。

患者って、みな病気持ちですものね。秋山はそういうことで、自分の特異体質を俺に知らせようとしたのだろうか。そして眼鏡をかけろと言った。

でもそれなら。

俺は思うのだ。なぜもっとはっきりと、眼鏡をかけることを要求しなかったのかと。

そして思い出す。いや、彼ははっきりと、要求した。

眼鏡を、かけられた方がいいかと思うのです。

ではなぜ、その事情を説明してくれなかったのか。

おそらく、説明ができるほど、明確なものでなかったからだと思う。瞬間の映像があるだけ。

第一、そんな話を誰が信じることだろう。

目の前には、秋山和雄の死亡診断書があった。A3判の薄い紙だ。

彼の頭を開け、髄液を検証したい衝動に駆られた。死体となった秋山に麻酔をかけて。

目を瞑《つむ》った。

ただ、荒井とのことで気が立っているだけだ。移植された臓器は、しばらくは拒絶反応を起こすことはあっても、やがて新しい体に取り込まれ、馴染《なじ》んでいくではないか。

たとえ秋山の意識が俺に――

俺は目を瞬《しばた》いた。

秋山は確かに、自分が思い付いたことのその理由がわからないと言った。いま、確かに、たとえ秋山の意識が俺に移植されたとしても、臓器と同じ、やがて馴染んでいくから心配することはないと、思った。いま、確かに、見知らぬ俺に説得された。

さっきからずっと、だれかが俺に話しかけている。

ゆっくりと否定した。

秋山の意識が俺の中に入って来るなんてことはあり得ない。俺の中に俺以外の誰かがいるなんてことは、考えられない。

視床下部は情動行動、自律神経の中枢。

視覚を司《つかさど》る。感情を司る。それを運んでいる髄液をお前は体内に取り込んだ。

秋山の意識が――脳髄の中に巣くって――俺の中に。

死亡診断書を書こうとするのに手が動かないのだ。

目の前にある秋山和雄の診断書を見つめた。そしてみつめたまま、呼びかけていた。

「森岡くん」そして森岡に顔をあげる。

「秋山さんの髄液を採取してくれ」

森岡は唖然《あぜん》としていた。

「いいから」そして取り乱した自分を隠した。「ちょっと研究したいことがある。悪いが、この話は誰にもしないでくれないか」

森岡の視線がわずかな怯《おび》えを含んだ。すがるように、優しげな声を出した。

「気になるんだ。我々は患者に対してその義務を全うするべきだと思う。そりゃ遺族が解剖を拒否しても、それを責める気はない。ただ、——ただ髄液をね」

俺はおかしくなっているのだろうか。

すくなくとも、森岡にはそんな風に見えている。

秋山の髄液を手に入れた時、それを電灯にかざした。

電灯にかざしてすかし見たのだ。

髄液から異常プリオンを検出する手だてはいまだない。

いいのだ。これが自分の頭に巣くったものの正体。俺は異常プリオンなどに感染なんかしちゃいない。

ただ、この髄液の中に染み出した、秋山の「何か」を取り込んだまでだ。

でも大丈夫。臓器は必ず新しい人体に馴染む。馴染まなければ臓器不全で死亡するだけ。生か死か。どちらにせよ、一旦取り込んだら最後、葛藤《かっとう》なんてありえないのだ。入り込んだものがたとえ、意識や能力や人格であったとしても。

一時間後、病院に出入りする葬祭業者の寝台車が到着し、出棺の知らせが入ると主治医や看護師らが霊安室に揃《そろ》った。病棟地下一階の隅にある霊安室の通用口には秋山を乗せた濃紺の寝台車が出発を待っている。かたわらで静子夫婦が病院関係者に頭を下げていた。

みなれた光景——手慣れた業者。

彼等は濃い紺のスーツを一分の隙《すき》なく着込み、切りの良いところを見計らって「それではわれわれが責任を持ってお送りします」と丁重に挨拶《あいさつ》し、素早く運転席と助手席に乗り込む。彼等の姿に自分たちが重なる。人の死に際して振る舞い方を心得ているだけだ。

エンジンが始動し、静かだった辺りにアイドリングの音が響いた。それが儀式の終わりの合図だった。濃紺の寝台車はゆっくりと動き始め、医師と看護師たちはそのテイルランプに向けて一斉に頭を下げる。

秋山和雄の最期《さいご》。

もしかしたらこれで全ての変調から解放されるのかもしれない。俺はなぜだか、なんの根拠もなくそんなことを考えたりしたのだ。

五

　秋山の死から一カ月がたった。

　あれから確かに解放された。食事は相変わらず煮物が食べたい。馴染《なじ》みのない銘柄の焼酎《しょうちゅう》が台所にあるのをみつけて、妻がキッチンドランカーになったのかと心配したが、聞かれて妻はこう言った。

「全然覚えてないの？　最近、あなたずっと、焼酎よ」

　驚いた。「そんなはずはないと思う」

「そんなはずがあるもないも」そして妻は整然と述べたてる。二年も前にお土産《みやげ》で貰《もら》った芋焼酎を、「開けてみよう」と言って開けたのが、一カ月ほど前。それから三日で飲み干した。「最近、焼酎に凝ってるの？」と聞けば、「うん。酔い覚《ざ》めがいいんだ」と答えた。ウィスキーより焼酎の方が体にいいんだよと言い訳めいたことを並べたので、よっぽどはまったんだなと思い、それからずっと買っていること。

「これで三本め」

　妻は事もなげにいう。「四十を過ぎたら、体質が変わるっていうものね」

記憶がなかった。そうかと聞き流した。

最近、手術中にかける音楽が耳障《みみざわ》りになっていた。演歌が流れると、聞きほれてしまう。それは永遠に秘密にするつもりだ。好みが変わることは、よくあることだが、軽音楽からクラシックに転向したならまだしも、まだ四十を過ぎたばかりだというのに、演歌というのは人聞きが悪いもの。「軽音楽特集」のパッケージの中に演歌のＣＤを入れて、こっそり聞いている。

演歌に芋焼酎に煮物。加えていえば、最近、若い女性が巨大なバストをこれ見よがしに露出しているグラビアなどを見ると、頭の中にガスが充満したように、ぼーっとしていい気分になる。これは、音楽の好みの変化より、妻には悟られてはならないことだ。

だからといって困ったことなど一つもなかった。秋山のことを思い出すこともない。もう声も聞こえない。俺は確かに安定を取り戻していた。

大学には専用の図書館がある。医療関係の専門書が取り揃《そろ》えてある。医学図書館という。夕刻、その図書館で米国の脳外科専門雑誌を読んでいた。

自慢じゃないが、語学は得意ではない。大学の医学部では、第一外国語は英語であり、第二外国語にはドイツ語を選択した。大学病院の第一線にいる人間は英語圏の論文や最新専門書籍は目を通しておかないといけない。俺にはそれがストレスだった。ドイツ語はほとんど読めない。英語だって、恥をかかない程度に意味がわかり、文法上の誤りはなく書けるというだけだ。できれば関わりたくなかった。

それが不思議なことに、最近、英語で書かれたものを読むのがおっくうでなくなった。難解で、以前は敬遠していたものが、読めるのだ。だからよく図書館にやってくる。ただ、医学専門用語には、以前と同じようにつっかかる。そういう時「外国の言語がいままでになく理解できる」ということについて、ほんの一瞬、心の隅に、不安を見つける。

「お調べ物ですか」

ふり返ると、脳神経外科の山崎医局長がいた。二年後輩だ。

医局長は事務的業務を始め、行事の運営、クレームに至るまで、主任教授と相談しながら医局という集団をとりまとめている。

荒井からいわれた、高田総合病院の話がずっと気になっていた。人事異動も医局長の権限の範疇《はんちゅう》だ。いい機会だと思った。山崎を閲覧室の端に引っ張って行った。

「茨城県の高田総合病院への医師派遣について、何か聞いていますか」

山崎はキョトンとしていたが、やがて、ああと思い出した。

「直接派遣依頼は来ていません。ただ、荒井准教授から、派遣できるかという相談があったというのは、事務の人間から報告として聞いています。でも、それも、半年ほど前のことだし、それに僕が直接聞いたわけではありません」

「で?」と問うた。

「はい」と山崎は答えた。

「高田総合病院の院長が、荒井准教授の友人らしいんです。専門医レベル以上をうちから派遣してほしいということらしいんですよね。でも今うちでは依頼数と派遣できる医師の数が合っていますから、高田総合病院に派遣するというのは、どこかの派遣を断らないと無理なんです。荒井准教授にもそのように伝わっているはずですけど」

荒井が俺に話をしたのは、山崎にいう前だろうか、あとだろうか。

「村田教授はその話、ご存じなの?」

「はい、報告しました。人員に余裕ができた時に考えようっておっしゃっていましたけど」

そして不審げな顔をした。

「何かありました?」

少し言いよどんだ。

「先日、荒井先生に呼び出されてね。荒井先生の部屋で直接言われたんだ。その病院の脳外科の科長にならないかって」

山崎の顔に、瞬間血が昇った。

「それじゃあ個人的なスカウトじゃありませんか。人事派遣問題は医局長と主任教授を通すのが筋ですよ。勝手に引き抜いたら、あと、医局はどうなるんですか」

荒井はあの時、若いのを引き連れてなんて言っていた。それを聞いたら山崎はなんていうだろう。

「沢村先生、なんて言ったんですか」

「断った。でも何で突然、僕のところにそんな話がきたんだろうって思って」

山崎は憤然としている。

「そうですよ。なんで沢村先生が大学病院と関わりのない所にいかなくちゃならんのですか」そして声をひそめた。

「先生を追い出しにかかっているんじゃないですか？」

やっぱりそう考えるのが自然だということだ。

「荒井先生、自分が教授になったときの青写真、今から広げているんですよ」かなわないなと山崎は呟《つぶや》いた。

「なった気でいるんだからな」

実際、なるだろう。村田に引き抜かれてこの大学病院に来た以上、ならずに済むはずがない。

「沢村先生、負けないでください。僕としては、先生を高田総合病院に派遣する話には、断固として反対しますから」

主任教授が替わると、医局の顔ぶれが替わる。新しい教授が准教授、講師を選び直すのだ。だから教授選というのは、派閥の交代劇でもある。どこかの派閥に入っていないと頭角を現すチャンスはない。その派閥のヘッドが出世しないと、運が回ってくることはない。

荒井は一部の人間には支持されている。だいたいが彼の外科技術の信奉者であり、彼はそういう人たちに対しては極めて当たりがよく、頼りにもなる。彼が教授になったら、彼が部下の地位を引き上げる基準は、自分に忠誠を誓うかどうかだけだろう。村田のように、広くその熱意と可能性を愛するなんてことはない。山崎も荒井の派閥ではない。だから山崎は荒井のやり方にことさら憤慨《ふんがい》し、同時に俺の身を案じるのだ。しかしここで俺がいくら踏ん張っても、また山崎がなんと突っぱっても、それは村田退任までの短い時間の戦いにすぎない。まさしく延命治療みたいなものだ。皮肉にも、あんなもの、無駄だよという荒井の言葉が思い出された。

「せめて村田教授の退任までは研究を続けようと思っているから、よろしく」

山崎は悲しげな顔をした。

「いや、いいんだ。荒井准教授によく思われていないのはわかっている。それはそれ。先のことはまた考えるさ」

笑ってみせて、その場を去った。

先のカンファランスでのことを思い出していた。俺が荒井と対立した時、荒井にねじ伏せられるように言葉を締めくくった村田を、思い出すのだ。

後継者には、荒井はふさわしい。彼ほどの技術とカリスマ性を併せ持つ人間はいない。それはわかっている。ただ、自分が体制から締め出されるのが悲しいだけだ。そしてそれは、誰のせいでもない、ただ自分の力量のなさではないか。

いや、せめて「運」と言う言葉に置き換えよう。ただ運がなかっただけ。

つくづく、サラリーマンだなと思う。知識は均質、均等に割り振られ「誰でないといけない」という存在はほとんどない。サラリーマンの世界では「掛け替えのない存在」なんて、ない。そこに加えて自分のように、善《よ》くも悪くも毒がなければ、よく使えるパーツに成り下がる。

ため息が一つ出た。

荒井が教授になって、肩たたきを受けたなら、もう抗《あらが》ってもはじまらない。そのときは荒井の傘下にある関連施設は避け、村田にでも頼んで、どこか病院を紹介してもらおう。

そうさ。俺には村田教授がついている。

その時、ふと思いついた。村田は死ぬのじゃなかったのかと。

いつか見た葬儀の場面をぼんやりと思い出していた。村田が死んで、三木谷がだぶだぶの喪服を着て、泣く。

ポンと肩を叩かれて、飛び上がった。でも叩いた主は、俺が驚いたことなんか、まるでお構いがなかった。

「センセ！」

立っていたのは、その三木谷だった。

「こんなところで、調べ物ですかぁ？」

巨大なバストが「**ぶるんぶるん**」していた。それどころか、いまや、頭の中では「**ぶるるん、ぶるるん**」と共振している。戸惑いを覚えた。いままでそのような脂肪の塊《かたまり》を興味を持って眺めたことなどなかったものを。――少なくとも病院内では。

「先生とお会いするのも、秋山さんが亡くなって以来ですね」

秋山。俺はその言葉に付随して起きる動揺を、隠した。

「貰ったっていってたペンダント、結局どうしたの？」

「だって亡くなってしまったものを……」そして三木谷は上目遣いに見た。

「どうしようもないかなって」

そのまま懐に収めたというわけか。まあ、天真爛漫が売り物の三木谷らしくていいかもしれないけど。

それより彼女の目つきが気になるのだ。

三木谷は誰にでもこんな艶《つや》っぽい視線を——いや、『艶っぽさを装った』視線を投げていただろうか？

それは考え過ぎというものだろうと考え直した。彼女はいつでもどこでも、はつらつが売り物なのだ。ちょっと甘えてみせるしぐさも個人的な感情が発露したというようなものではなく、むしろ処世術の一つだと認識した方が早い。

「実は脳腫瘍《しゅよう》に罹《かか》られた患者のメンタルケアーについて調べていたんですよぉ」

喋《しゃべ》り方とその内容が「不整合」であった。

「先生、なにかいい資料、持っていません？」

「講師室に戻れば多分、何かあるよ」

三木谷は目を輝かせた。「是非、見せて下さい」

「では、あればナースセンターに届けましょう」

それでもいいですけどと、三木谷はちょっと表情を曇らせる。感情を極大化するというのは、女には武器になるものだ。三木谷はその、大して困ってもいないだろうに、大変困ったような表情を繕《つくろ》ったまま、言う。ちょっと急いでいるんで、と。

「取り敢えず、わたしのメールアドレス教えますから、資料があったかどうかだけでも、明日までにメール、頂けますか？」

押されて「いいよ」と答えていた。三木谷はその時にはもう、ポケットから紙切れを取り出して自分のメールアドレスを書き始めていた。

「それでもし資料があったら、明日、私、準夜勤入りなので、その前に先生の部屋に取りに行きまぁす」そう言うとメモをくれた。

これが研修医時代なら、喜んでいたと思う。看護師と個人的な関わりを持つことで、優越感さえ感じたものだ。実際、野口なら、多分躍り上がって喜ぶ。

「部屋まで来なくても、見付かったら、メールを入れて、病棟に届けてあげるよ」

三木谷は拍子抜けしたような顔をした。それでもなぜだろう。そういう三木谷に、あからさまな下心があるとは思えない。彼女のわかりやすい直情型は、むしろ心地《ここち》よい。

三木谷と話しているうちに、なんだか全てが心地よくなってきたのだ。

荒井のことも高田総合病院の話も忘れる。浮世の憂《う》さを忘れるとはこういうことだ。

心地よいながら奇妙だと思った。なぜこんなに心地よいのかがわからないのだ。

そうだ。煮物を食おう。そう閃《ひらめ》いて、歩き始めた。なぜそう思い付いたのかについて、もう考えなかった。三木谷を見ると、演歌を聞いて、煮物を食って、焼酎を飲みたくなる。

痩《や》せた秋山の亡骸《なきがら》が思い出された。

悲しみはなかった。

ただ、幸せな気分だった。


十歳の田辺直樹は嘔気《はきけ》と視力低下を訴えて眼科を受診、眼底検査でうっ血乳頭が認められ、武蔵野医科大学付属病院にやって来た。

頭部CTにより、右側脳室に分葉状の腫瘍陰影を確認した。軽度ではあるが、水頭症《すいとうしょう》も併発していた。

痛みに耐えているのだろう、少年はベッドの上で頭を抱えていた。まるで何かに打ちのめされたかのようだ。

主治医は江崎だった。

「グリセオール（脳圧降下剤）は開始したよね」

江崎はハイと答える。「二百ccを一日三回で開始しました」

屈《かが》み込み、語りかけた。

「頭痛はどうだい？」

少年は小さな声で答えた。「少し、楽」

小さな肩だ。その肩をさするように、手を置いた。

「毎日点滴すれば、大分楽になるから」

しゃがみこんで、眼底鏡で右目の奥を覗《のぞ》いた。少年は身構えることもなかった。不安や疑問を感じる余裕さえないのだ。

「大丈夫だよ。すぐ元気になるから」

少年は頷《うなず》いた。そしてやっと視線を合わせてくれた。

「脳外科の沢村といいます。よろしく」

少年は頷く。そしてまた瞳を閉じた。

病室を出ると、江崎が小走りについてくる。

「脈絡叢乳頭腫《みゃくらくそうにゅうとうしゅ》だな。頭蓋内圧亢進《ずがいないあっこうしん》も強そうだ。脳圧が上がっている。スケジュールは？」

「はい。この二日で諸検査を済ませ、来週の始めにでも手術対応をしようかと思います」

それがいい。早く楽にしてやりたい。小さい子供があんなに苦しそうにしているのを見るのは、辛《つら》い。

「ただ、」と江崎は言葉をにごした。「ちょっとご両親が」

「ご両親が、何？」

「はあ。ちょっと宗教で」

思わず立ち止まった。

「まさか輸血拒否なんてことはないよね」

「いや、そういうことじゃないんですが」と江崎はまた言いよどんだ。

「なんですか」

「はい」と観念する。

「祈禱《きとう》で腫瘍が消えるかもしれないと思っているらしくて。祈禱してもらったから、腫瘍はもうないはずだっていうんですよ。ＭＲＩの写真を見せると、それは祈禱の前のだっていうし。それで今朝、家族の前でまた一枚撮ったんです。ＣＴに写っている腫瘍を見て、家族が言葉を失っているんですよね。もうわかってくれていると思うんですけど」

確かに患者の家族の中にはインドに渡って奇跡を起こして貰うと言い出す人もいる。でもそれは末期癌《がん》など医療に見放された患者の家族だ。本当に祈禱で腫瘍がなくなると思っている大人がいるとしたら、不気味な話だ。

「それで手術を拒否したら、虐待だからね。引っ込むなよ」

「わかっています」

それから江崎はちょっと嬉しそうな声を出した。

「先生が眼底を診られるのを久しぶりに拝見しました。僕なんかやっぱり眼底は眼科で撮影してもらっています」

若い医者は眼底鏡をナースセンターの備品だと思っている。確かに局部的な専門知識を蓄えることが今日の飛躍的な医療の進歩をもたらした。それでも俺が大学病院にいながら眼底鏡を持ち歩くのは、多分父の影響だと思う。父が働く現場で見た、診察風景だ。

「ベルトコンベアーに載ってきた資料を確認して自分の情報を加え載せて、再びベルトコンベアーで次の専門職へと流していくようないまの医療に馴染めないでいる医者は結構多いと思うよ。人間を診察しているという実感にかける。それって、こっちも欲求不満になるんだよね。手当てって言葉は、手を患部に当てるところから来ているそうだ。治療の基本は、手を当てることだってのは、面白いと思わないかい。何もしなくても、手を当てているだけで、病や傷の治療になる。手の温かみが不安を解き、血行を促進し、結果免疫力が高まるということなのかもしれない。真偽のほどは別にしても、医療が体温から発するって発想、人間はふれあうことで病さえ治るようにできているというその前提には、ほっとするものがあるじゃないか」

触られると患者は安心する。医師も、そこに座っているのが一人の人間であるということを認識する。患者に触らない医者は冷徹に医療を割り切ることができるようになるだろう。患者に触る医者は、それより少し重いものを背負う。触診しない医者は、病がその人に連れてきた辛さや悲しみから、逃げているのだと思う。

「まあ、君たちはMRI時代の脳外科医だから。でも、診察は神経学の基本だからね」

江崎が神妙に頷いた。

「とにかく、あの患者は早いうちに手を打った方がいい。月曜の定時オペになるように、今日の午後のカンファランスで調整してみてください」

江崎は頷く。足早にナースセンターに歩いていった。

その後ろ姿を見ながら考え込んでいた。

手当ての意味。いつそんなことを知ったのだろう。

触診する医師が、しない医師より、ほんの少し重いものを背負うだなんて、考えたことがあったんだろうか。確かに父のことは考えた。医療の細分化に疲れを感じることもある。でも医はあくまで科学であり、仁術だと思ったことはない。

――いま、俺は何を言ったんだ？

江崎は廊下を歩き去っていく。日差しが彼の白衣の背中に降り注いでいた。あまりに見つめていたので、その白さに幻惑を覚えた。

定例カンファランスがある午後二時になった。

五階にいつものメンバーが集まる。

一番奥が村田教授。以下、みな白衣を着て鎮座する。今回のプログラムには、江崎の担当として、田辺直樹の症例が入っていた。

江崎の順番が回ってくると、研修医の野口が立ち上がり、恐ろしく生真面目《きまじめ》な顔でシャウカステンの前まで行き、田辺直樹のレントゲンフィルムをシャウカステンに差し込んだ。

野口はそのまま居並ぶ医師たちを見回した。

「十歳の男児です。半年前から時折頭痛があり、最近になり嘔気《はきけ》と視力低下を訴えて眼科を受診、眼底検査で鬱血《うっけつ》乳頭を認めたため、本日入院となりました。頭部CTで右側脳室に分葉状の腫瘍陰影と軽度の水頭症《すいとうしょう》を併発し始めており、造影剤の増強効果も強く認められます」

なるほど。江崎は野口にデビューを飾らせたというわけだ。緊張と、わずかな興奮――もしくは喜びが、顔に、身体に漲《みなぎ》っている。見ていると、おめでとうと言いたくなり、頑張れよと言いたくなる。その野口を、江崎は、気難しく注意深いまなざしで見ている。なるほど「師」の顔とはこういうものかと思わせる。俺といる時とは別人だ。

「それで」村田教授の声がした。いままで野口の方を向いていた、居並ぶ医師たちの顔が、一斉に村田教授に向けられた。その中で村田教授の声が厳《おごそ》かにした。

「受け持ちが考える診断は？」

野口が答える。「はい」その声に、医師たちの顔が野口研修医にもどる。

「脈絡叢乳頭腫を考えます」

村田教授は野口の説明に満足そうだった。

「五歳以下が多いとされるが、この年齢でもあり得るからね」

村田の言葉を聞いて、医師たちもまた同じように満足そうに頷いた。それを見届けて、江崎が初めて口を開く。

「頭痛、嘔気が主訴です。今のところグリセオールでコントロールできていますが、鬱血乳頭もありますので、来週月曜の定時手術にしたいのですが、よろしいでしょうか」

「それまでに検査は済ませられますか」

「はい。間に合わせます」

野口は江崎の落ち着いた声が誇らしげだ。

村田教授が頷いた。

「では月曜日の定時で手術を行ってください。腫瘍系だから、手術スタッフは沢村先生の受け持ちで」村田教授がそこまで言ったときだった。荒井准教授がその村田教授の言葉を遮《さえぎ》った。

「よろしいですか」

堂々とした物腰だ。その低い声は、たちまち座を押さえ込んだ。

村田教授が荒井准教授に顔を向けた。それを見届けて、荒井准教授はゆっくりと切り出した。

「今回、脳神経内視鏡技術を導入してみるというのはいかがでしょう」

荒井は一同を見回した。

「母校の後輩に、脳腫瘍の内視鏡外科が専門の医師がいます。彼を呼び、できれば私が手術に入りたいと思います」

脳腫瘍の内視鏡手術。

聞いたことはある。でもまだ見たことはない。そんなことができるなら、患者の負担は少ないだろう。しかし手元がみえない状態で脳内を触るだなんて、想像がつかない。

一息考えて、村田は答えた。

「この腫瘍の大きさだと、内視鏡だけで切り取るのは難しいのではないですか」

「ええ、承知しています。手術前半を内視鏡で行い、後半と仕上げを顕微鏡で行います」

荒井はこの少年の手術を、テストケースにするつもりなんだ。

江崎の表情が険しくなる。荒井はその気配を素早く感じたのか、黙殺してしまおうとするようにすばやく村田に語りかけた。

「実は患者のご両親とは懇意でして。患者の要望でもありますので、できれば私が執刀したいと」

その時、荒井が俺の顔を見た。俺は、なんで俺の顔をみるのだと思った。荒井は視線を翻《ひるがえ》すと、続けた。

「福島という後輩医師で、内視鏡外科手術では最近脚光を浴びている男です。医局の将来のためにも、他から最新技術を導入することは、重要なことだと思います」隙《すき》を突くように、荒井の視線がまた俺に向いた。

村田が答える。

「まあ、そういうことなら、いいですかね」

荒井の視線の意味に気づいたのは、教授回診が始まった後だった。ついて歩きながら、考えたのだ。

医局長の山崎は、他の病院に人を割く余裕がないと言った。しかし荒井がその福島という医師を呼び込めば、頭数が一つ、増える。

ということは、一人、他の病院に回せるようになるということじゃないか。

もしかしたらこれは自分をこの病院から追い出すための布石ではないのか？

だって他に俺の顔を二回もみる理由がないじゃないか。

江崎がずっと後ろを歩いている。歩を緩《ゆる》め、彼に並んだ。

「あの田辺って子の親と荒井准教授が知り合いだったたって？」

江崎は顔を寄せ、呟き返す。彼は腹を立てていた。

「僕は聞いていません。もし荒井先生が自分の経歴を売り込んだら、親は、ぜひとも先生に執刀して欲しいって言ったかもしれません。そんなところじゃないですか」

荒井は村田と並んで遠く先頭を歩いている。江崎はその荒井を睨《にら》み付けていた。

「よりによってあんな子供をテストケースにするだなんて。その手術も結局その部外者の医師と二人でするつもりなんだ。どこが『医局の将来のため』なんですか」

江崎は、あの少年が中屋朝子のようなことになるのを恐れているのかもしれない。中屋朝子はあのあとゆっくりと回復した。でも一つ間違ったら致命的なミスになっていたかもしれない。その上、今回の田辺直樹は荒井の患者ではない。

ただ、江崎の気色《けしき》ばんだ様子には驚いた。彼が荒井に対してこんなに感情的になるとは思わなかったのだ。

　この様子だと、俺と荒井の間の決定的な亀裂が表沙汰になれば、例えば、荒井によってどこかに飛ばされそうだなんてことが広まったら、反荒井勢力ができる引き金になってしまうかもしれない。そうなれば多分俺が矢面《やおもて》に立たされる。

　俺は喧嘩《けんか》をしてまで理を通したいとは思わない。荒井は嫌いだが、講師だから准教授は尊敬することにしている。小判鮫だからではない。制度に殉じるのだ。だいたい俺に、荒井に太刀打ちできるはずがない。第一俺には村田がいる。荒井と喧嘩するのは、その村田教授に刃《やいば》を向けるのと同じだ。荒井は村田の肩から先、文字どおり「腕」なのだから。

　ここで若い医者を、血気にはやらせてはならないということだ。

だいたい、一人医師が増えたからといって、俺が押し出されることにはならない。俺は脳腫瘍の講師なのだから。

「福島って医師、専門は何？」

「さっき聞いたら、脳腫瘍らしいです。肩書は講師」

　聞くんじゃなかったと思った。

　俺の講師室に江崎と野口が来たのは、それから数時間後だ。

　二人とも血相を変えていた。

入るなり、江崎が低い声で言った。

「田辺くんの手術を水曜日にするって荒井先生が言い出したんです。福島って医師の予定が、水曜日じゃないと取れないって」

野口は興奮している。

「水頭症がこの数時間でも進行しています。このまま水曜まで放っておくのは危険だと思うんです」

「荒井准教授にそう言ったら、だったら先に、一旦脳室ドレナージで水頭症を回避しておけって言うんです」

二人は代わる代わる言い上げた。

俺だって驚いた。脳室ドレナージは危険な手術ではない。頭蓋骨《ずがいこつ》に穴をあけ、細い管を通して溜《た》まった髄液を外に逃がすのだ。しかし局部ではあるが麻酔もする。手術であることには間違いはない。

「三日のうちに二回、手術を受けさせるということですか」

「それも、ひとえにその、福島って講師のスケジュールに合わせるためですよ」

野口が熱くなる。「予定通り、月曜に沢村先生が執刀すれば、一回で済むのに」

「村田教授に直談《じか》判しようかと思うんです」

俺はここぞとばかり、江崎を見据《みす》えた。

「村田教授にもっていくより先に、荒井准教授にきちんと抗議するべきじゃないかな」

我ながら上出来だった。しかし江崎は、それに対して憤然と言った。

「しました。これでも主治医ですから。そうしたら、村田教授に話は通しているから、いいんだって言われました」

俺は黙ってしまった。二人も黙った。結局三人は黙り込んだ。

江崎が呟く。

「所詮《しょせん》、教授、准教授には、患者は人間じゃなくて、研究対象なんですよ」

「そんな風に言うもんじゃない。物事には長期的な展望と、短期的な視点の両方があるんだ。君のような言い方を皆がし始めれば、研究は常に後回しにされる」

江崎が毅然《きぜん》として顔を上げた。

「それは違うと思います。僕が問題にしているのは、荒井准教授がうちの病院に内視鏡手術を持ち込もうとしていることじゃない。患者の容体にかかわらず、あの田辺くんの事例でやってしまおうという、その強引さです」

返す言葉がなかった。

「沽券《こけん》に関わるから、引っ込めたくないんだ。それであの少年が少々苦しい思いをしたって、それはどうでも」

どうでもいいんだと、江崎は言い切りたかったのだと思う。それでもそこで言葉を止めた。医大ではチームで患者をみる。医者同士の信頼関係がなければ、なりたたない。だから彼は最後の言葉を呑んだ。

江崎が不満を感じるのはよくわかる。確かに荒井准教授は強引だ。しかし今回ここまで荒井准教授が患者を福島との手術のために確保しておこうとするのは、単なる強引さではないと思う。相手は俺と同じ、脳腫瘍を専門とする講師だ。今回のことは、高田総合病院の話を断った俺をターゲットにしたものだと思うのだ。江崎はそれを知らない。

穏やかな顔を作った。

「明日、僕が話をするよ。それで決まったことには、感情的にはならないこと。それでいいでしょ」

野口はほっとして、顔をほころばせた。しかし江崎は表情を崩さなかった。

「大丈夫だよ。事情を話せばわからない人じゃない。大体そんな理屈もわからない人なら、准教授になんかなれていないさ」

理屈がわからなくったってあれだけ手術がうまけりゃ准教授にはなれる。でもこと今回に関して言えば、患者は子供だということをよくよく説明すれば、わかってくれると思っていたのだ。福島という医師を呼ぶのは、別の時にして貰《もら》えばいい。

しかし翌日、荒井の部屋に入ったとたん、いや、そこに座る荒井の顔を見たとたん、俺は考えが甘かったことを思い知った。

彼はまるでこうなることを予想していたようだった。そう。待ち構えていたのだ。

田辺直樹くんのことでと話を切り出した。

「日々症状は進行しています。その上ご存じのように、まだ十歳で、体力も十分ではありません。患者の負担を考えれば、腫瘍摘出と脳室ドレナージを同時に行った方が望ましいというのは、お分かりだと思います。それも、状況からいえば、早い方がのぞましいと思うのです。患者が子供であることを考慮して、今回は月曜の定時オペで手術をするということで、ご了解いただけませんでしょうか」

形のいい額。綺麗《きれい》に後ろに撫《な》でつけた艶《つや》のいい髪。荒井は、長い足をスマートに組み、背中を椅子の背にどっしりと預けたまま、じっとこちらを見ていた。

「用件はそれだけかね」

「はい」

すると荒井は、あの、厭味《いやみ》なほど冷静な声で言った。

「江崎くんにしても君にしても、田辺くんにはずいぶん固執するね。それは、自分の患者を取られるからですか」

荒井が何を言っているのか、一瞬理解できなかった。

「自分の都合を通すために、江崎くんや、ましてや学習途中である野口くんまで焚《た》きつけるのは、どんなもんかね」

俺が江崎を焚きつけたと言うのか。

事情を説明しようとした。しかし何を説明するのだ。江崎くんが村田教授に直談判すると言ったので、止めたのですとでも言うのか。──ついと、口が開いた。

「お言葉ですが、今回の先生のやり方は、医者の都合を優先させているとしか思えません」

──何を言っているのだ。これじゃ喧嘩を売っているようなものじゃないか。

汗が吹き出した。

ところが荒井は笑みを浮かべた。

「大学は医師を育成するところだ。患者だってそのデメリットぐらい、承知で来ている」

そして俺を見据えたのだ。「そもそも、大学病院というのは、医師の都合を優先させるところなんだよ」

言葉を失った。荒井は楽しそうだった。

「だから民間の病院を勧めてやったんじゃないか。収益を第一にする所は、とりもなおさず、患者を甘やかす所。君にはぴったりじゃないかね」

これが大学病院准教授のセリフか。これが人の命を預かるものの意識か——

荒井はその非難を見て取った。彼の笑みは不意に曖昧《あいまい》なものに変化した。

「冗談だよ」

それでもなお俺を見続ける。

「君の言いたいことはよく分かる。でも二日遅らせても患者の大勢には変化はないでしょう。それは村田教授にもご承諾頂いた。村田教授もね、理解しているんだよ。ここは最先端医療技術の基礎となるべき大学付属病院だということをね。将来に向けて新しい技術も必要になる。正直な話、君も——」

その一瞬、彼の視線は元の強さを取り戻していた。

「脳腫瘍の基礎的な研究一本では、早晩大学病院にとって魅力を失うよ。これから先は、脳神経外科だからね」

睨《ね》めつけるような視線。それは、眼底鏡を持ち歩く医者は無用なのだと言っていた。

その日、誰とも口をきく気がしなかった。帰っても妻の顔を見たくなかった。

部屋に入って、酒を飲んだ。

月曜日、荒井の決定どおり、田辺直樹の脳室ドレナージ手術が定時手術として執り行われた。それにも同席しなかった。

江崎が成功を告げにやってくるまで落ち着かなかった。そのくせ彼が報告に来ても、ねぎらいの言葉をかけることもできなかった。

時代後れ——大学病院には不要。

荒井は、脳科学の基礎研究を、あからさまに外科医療より軽んじたのだ。

新しい治療法や予防法の確立には基礎研究がその背景にある。どんな時代でも、基礎研究なしに医学の進歩はあり得ない。その基礎的研究は地味なのだ。外科的技術を主体とする臨床的研究に比べて、目に見える結果が出にくいのだ。その地味さは、時として研究者にコンプレックスを抱かせる。荒井はそれをよく知っていた。

俺の怒りはヒステリックな怒りだった。そして大声で言えない怒りだった。

自分たちのような基礎研究に従事するものは、いつだって荒井のような外科医師の脇に追いやられる。

現に、荒井は確実にその勢力を伸ばすではないか。

山西という先輩医師のことを思い出した。彼はある日突然、辞めた。荒井ともめて、辞表を叩きつけた。その後、山西医師は故郷で大学とは縁のない、地域医療従事者になったと聞いた。

　あの時、俺は彼の苦悩を理解しただろうか。同じ医局にいながら、まるで人ごとだった。気の毒ではあるが、人ごとなのだ。「運の悪い人間」それで終わりだ。今、彼の悔しさがわかる。山西医師が荒井と対立するようになった、その経緯は知らない。でもあの時、村田は一体どんな処置をしたのだろう。彼は山西を引き止めなかった。そして荒井から事情を聞こうともしなかった。村田がもう少し荒井の言動に気をつけていたら、山西医師はそこまで追い詰められなかったのではなかったのか。

　水曜日に福島医師がやって来た。

　福島は荒井と二人で手術室に入った。

　俺は江崎とさえ、目を合わすのを避けた。

　自分が惨《みじ》めな気分であることを悟られたくなかった。

　脳の内視鏡手術が始まる。俺は一人で研究室に座っていた。すると医局秘書の宮永暎子がやって来て、なぜ手術を見に行かないのかと、聞いた。

　言葉にあぐねて「いや、別に」と答えた。そして急ぎのレポートがあったものだからと付け加えた。彼女と目を合わせなかった。言っていることと考えていることが違っている場合、人は本当に相手に目を合わせないものだと、その時つくづくと思った。

「別にじゃないでしょ。沢村先生の専門の脳腫瘍手術じゃないの」

宮永は勧められもしないのに、椅子に座った。そして煙草を取り出すと、火を付けた。吸い込んで、プイと吐き出す。

「荒井先生と揉《も》めたでしょ」

俺は黙っていた。

「まるでいじめられて家に引きこもっちゃった子供ね」

なぜだか少し慰められた。

宮永暎子は、二十年前、村田がこの病院にやって来た時、連れてきた職員だそうだ。俺が研修医時代には、すでに病院の顔だった。村田教授と宮永の関係を勘繰るむきもある。村田教授が講師の時、宮永は新米の事務局員で、その時からの関係であり、そういう関係だから、引っ張って来たのだというのだ。噂は真偽が確かにならぬまま、過去のものともならず、さりとて現実感もないままに、いまだ心の端にある。

宮永は言った。

「荒井先生がどうあれ、せっかく新しい技術を使った手術が見られるんだから、見に行きなさいよ。それが医者の意地ってもんでしょ。ここで背を向けたら、誰かさんの思うつぼだってことが、わからないの？」

俯《うつむ》いた。うれしくはある。でも、実際には、荒井は俺のことなんか歯牙《しが》にもかけていない。目の前に来ると、目障りだから、手で払うだけだ。

宮永暎子はもう五十に手の届いた女だった。それでも煙草を吸う指は綺麗だ。水仕事で荒れないまま年を取った指には変に色気がある。俺は宮永の隣に座ると、煙草を一本求めた。

煙草を吸うのは初めてだった。

火を付けて、吸いこむ。

うまいと思った。

「いつから吸うようになったの？」

不思議そうな顔をしている。そういう時の彼女は、少女のように瑞々《みずみず》しさを漂わせて、美しい。

「秋山って患者がいてね。脳腫瘍で死亡したんだけど。彼、ヘビースモーカーだったんだ。煮物が好きで、焼酎が好きだった」

宮永は要領を得ない顔をした。

彼女は若き日の村田教授とできていたかもしれない。彼女を見ていると、それが「青春」という二文字と重なる。

「彼も言ったんです。初めての煙草がとてもうまかったって。突然ヘビースモーカーになったそうですよ」

そして宮永を見た。

彼女との密会。彼女との睦言《むつごと》。どんなだっただろう。そう思った時、俺は恐怖に捕らわれた。耳の端で聞こえるあの音。あれが聞こえるのではないかと思ったのだ。秋山が義理の娘の秘密を見たように、村田と宮永暎子の若き日の一瞬を、あからさまに見せつけられるのではないかと、不意にそんな恐れにとりつかれた。

あわてて立ち上がった。

「見て来ますよ。技術は日進月歩。そのために僕らは、給料もらっているんですから」

宮永が微笑《ほほえ》んだ。その微笑む彼女が、目の前で、突然、二十年ほど若返った。皺《しわ》もない。くすみもない。彼女は美しい笑みを浮かべていた。遠い昔、彼女はこんなに美しかったのだ。その美しさは、俺に、悲しみを見せつけた。結婚もせず、子もなく老いる女の悲しみだ。泣いている彼女が見えた。ひとりぼっちで長い時間に耐える涙だ。

彼女を抱きしめたい衝動にかられた。もう少しでそうするところだった。俺は目をそらせた。もう一度彼女を見た時、そこには五十に近い彼女がいた。俺のことを心配して、見つめている彼女がいた。

「ねえ、宮永さん」

「なに？」

「山西って先生、いたでしょ。覚えてますか」

宮永は不思議そうな顔をした。「ええ」

「あの人、いまどうしているか知っていますか」

彼女はじっと俺を見ていた。

「知らないわ」

――知らないわ。

二人の手術風景を見ることは快いものではないだろう。でもそれでも、この病院の医療スタッフの一人として居続けたければ、その技術を知ることから逃げてはいけないのだ。腹をくくった。

手術室では、江崎と野口が手持ち無沙汰に立っていた。

荒井は俺が手術室に入ったことに気付いたと思う。しかし振り返ろうともしなかった。

顕微鏡手術が、開頭して手術をするのに対して、内視鏡手術は、頭蓋骨に穴を開けてそこからカメラとメスを入れ、手術をする。カメラは胃カメラのような仕組みのものだ。左手で開頭部に突っ込んだカメラを操作し、右手でピンセットを突っ込んで腫瘍を摘み取る。

肉眼で腫瘍部分を見ることはない。カメラで撮られた画像を、ベッドサイドに置かれたモニターテレビで見る。手術中手元をみないので「任天堂サージャリー」だの、「プレイステーション・サージャリー」などと揶揄《やゆ》されている。

荒井と福島は仲のいい友達のように肩を寄せ合い、手術を進めていた。帽子とマスクをしているので、福島という医師がどんな男なのかはわからない。しかし荒井の横で、彼の動きは至極自然だった。

「腫瘍が見えてきました。内視鏡を固定して生検します」

モニターにはベージュを帯びた灰色の脳室壁が、透明な髄液を通して映し出されていた。桃色の腫瘍が脈絡叢《みゃくらくそう》に癒着しているのが見える。それがレーザーで焼かれ、鉗子《かんし》でつまみ上げちぎり取られていく。

開頭手術には、人体が切り開かれているのだという重々しさと緊張感がある。今目の前で繰り広げられている手術にはそれがない。福島はモニターに見入ったまま一人で手元を動かす。それはテレビゲームに没頭する少年のようであり、そして手術の進行は腕のいい少年に思いのままに進められるゲームのようだ。

レーザーで焼く。モニター画面の中に赤い閃光《せんこう》が放たれる。

その荒っぽさはまるで「攻撃」だ。「治療」とか「切除」ではない。「破壊」なのだ。

はくげきほうしょうたいはうるぐっとのてきにたいしほうげきせよ
しょしのゆうせんをきたいする
ぜんぽうてっき
しゃげきようい

焼かれる腫瘍はピンク色をしていた。見つめるうち、秋山の腫瘍塊《しゅようかい》を思い出していた。彼の腫瘍の色はベージュがかった灰白色だった。ちょうどそこの、脳室壁と同じ色。普通の腫瘍は、この少年の腫瘍のように、脳細胞と色が違う。いまこのモニターの中に秋山の二センチの塊《かたまり》を映したなら、脳室壁と見分けはつかないだろうな。

「腫瘍組織の一部を、成長解析用に持って行ってくれ」

荒井の声で我に返った。

誰に言ったのかはわからない。その口調は、まるで雑用の助手にでも言うようだ。でも彼の手の届くところにいるのは、俺だった。

なおも荒井の声がした。

「ビデオは回っているだろうね」

息を呑んだ。見かねたように江崎が答えた。

「はい。きちんと録画されています」

荒井がチラと俺に目をあげた。その目は間違いなく「お前に聞いたのだ」と言っている。彼のそんな視線には気づかない福島は明快に言った。

「大丈夫です。僕もデジタルビデオで、内視鏡手術の部分は録画していますから」

落ち込んだのは、荒井の仕打ちのためではなかった。福島の内視鏡手術に圧倒された。手術は後半に入っていた。予定通り、荒井が術者になる。そしていつもの、彼の手際のよい摘出手術が始まる。

荒井に言われた標本を持って、手術室を出た。

病理診断部に標本を届けたあと、手術室には戻らなかった。

研究室に、もう宮永暎子はいなかった。灰皿には口紅のついた煙草の吸殻が数本、あった。その横に、フィルムの開いた煙草が一箱置かれていた。

白衣のポケットから眼底鏡を取り出した。

眼底鏡を見ると、古い聴診器を手離そうとしなかった父を思い出す。脳腫瘍で死んだ父だった。そして父は、決して大学の最新技術を息子から聞き出そうとはしなかった。

自分の仕事に対する誇りだろうか。それとも、自分が取り残されていくのを目《ま》の当たりにするのが怖かったのだろうか。

その二つは本当は同じだと声がした。

わかっているさ。誇りを保つために、知ろうとしなかった。父には多分、そんなこともわかっていただろう。

白衣の裾《すそ》で眼底鏡を拭いた。そして再びポケットにしまった。

パソコンにメールが届いていた。宮永暎子からだろうかとわずかに期待したが、それは三木谷陽子からだった。

沢村先生。先日は資料、ありがとうございました。おかげで看護研究も順調に進んでいます。またいろいろ教えてくださいね。お礼に、よいお店を紹介したいと思います。お財布は先生もちです。では取り急ぎ、お礼まで。

三木谷

絵文字が入っていた。腹立たしいような、くすぐったいような気がした。

俺は机の上に残された煙草の箱を手に取った。

煙草は脳梗塞の危険因子であり、肺ガンや虚血性心疾患の危険因子でもあり、だいたい、院内は禁煙であり——

箱から一本抜いた。ライターがない。しかたなく、ただ手にもったまま、灰皿を眺めた。

灰皿の中の煙草の端には、淡く口紅の色が付いていた。宮永暎子の口紅だ。それを見つめて、なぜだか三木谷陽子のあの、ぽよよんとした胸が浮かぶ。

秋山が好きだった三木谷。

火のついていない煙草の先を見つめた。

けいきはっしゃじゅんび

こしょうです

けいきまだかー

まだなおりません

しゅりゅうだんだばくはつしないうちになげかえせ

秋山の腫瘍塊は間違いなく脳の一部だったのだ。

ただいまよりそこくにむかってけつべつのれいをするぜんいんなかばみぎむけーっみぎ

ではこれよりぜんいんぎょくさいする

俺の頭の中では、赤い閃光が飛び続けていた。

六

寒さが増していた。忘年会と称して宴席が持たれる。駅前の小さな日本料理店を貸し切って、大学在籍の医局員、病棟や外来の看護師、事務関係者など、四十名ほどがやってくる。

俺は躊躇《ちゅうちょ》していた。風邪《かぜ》だと言って、帰ろうか。外は冷たい小雨だ。夜には雪になるかもしれない。そんなことを考えていると、講師室のドアがノックされた。

「沢村先生、六時に集合ですよ」江崎がそう言って、立っていた。

「行かないつもりなんでしょ」

黙っていた。

あれから医局では内視鏡技術の話題がよく出る。俺は医局から足が遠のいて、時間があけば自分の講師室に座っていた。研究しているわけでもない。

福島はずんぐりとした小さな男だった。彼に悪意や底意地の悪さは微塵《みじん》も感じられなかった。それがかえって惨《みじ》めだった。

「みんな心配していますよ。最近沢村先生に元気がないって」

なんだか甘ったるいまやかしに聞こえた。俺は、そばにいる同僚の元気がないからって、心配するだろうか。どうしたんだろうと思うだけだ。

そうとも。それもほんの五秒ほど。後は忘れてしまうのさ。

「ちょっと頭が痛くてね」

「酒、飲んだら忘れますよ」

うんとまた、気のない返事をした。

「僕、頼まれてきたんです。三木谷さんに。元気がないから引っ張りだしましょうよって」

俺は煙草に火をつけた。それを見つめて、江崎はポツンと漏らした。

「なんだか先生じゃないみたいだ」

手が止まった。

江崎には、俺が、俺でない人間に見えているのだろうか。俺が、誰だというのだ。

ある日朝目が覚《さ》めると大きな虫になっていたという『変身』という小説が思い出されていた。

カラダヲカエセ

目を瞑《つむ》った。そして再び目を開けた。

江崎がそこに立っていた。悲しい顔をしていた。

「行くよ。でも月曜の定時手術までに作っておきたい資料があるんだ。後で合流する」

絶対ですよと彼が言う。

三十を過ぎて、人懐っこさを失わない。俺は虫になるのだろうか。あの小説では、虫になった男はやがて、自分が人だったことを忘れるんだ。そしてはじめは涙を流した家族もまた、彼をただの虫として扱い始めていくんだ。

その時俺は、**俺は虫にはならない**と思った。

秋山だってならなかっただろと思った——

宴会の終わる三十分前を見越して、講師室を出た。料理屋の前に立ったのは、七時半だった。

前の道路まで、にぎやかな笑い声が洩れていた。

その笑い声を聞いていると、孤独が込み上げた。いっそのこと、荒井の言うように高田総合病院に行ってしまおうか。あそこならまだ重宝される。

携帯が鳴った。三木谷の酔った声がした。

「いまどこですかぁ。みんな待ってますよぉ」

「ちょうど店の前です。今から上がります」

玄関の引き戸を開けたとたん、喧騒が戸口から飛び出して来る。ガラガラ声を上げているのは麻酔科の医師だ。その隣で看護師が二人、腹を抱きかかえるようにして笑っていた。その笑い声は悲鳴にも聞こえる。

しらふで入り込むところではないな。

研修医の野口が手を上げた。「先生！」

そして待ちかねたようにやってきた。

「荒井先生が早めに帰るって言うんで、それを待ってから電話しようって三木谷さんと言っていたんです。そしたら先生、ずいぶん粘るものだから、そのうち遅くなっちゃって」

荒井との確執は周知ということだ。だったら荒井の口利きで病院を移るということは、いくらなんでも意気地無しに見える。まあ――、とふいに思い付く。

今さら、意気地もあったもんじゃないだろうに。

野口は話し続けていた。「なんだか山崎医局長と話し込んじゃって」そう言いながらコップにビールを注いだ。

「山崎医局長と荒井准教授が話し込んでいたって？」

「はい。こんな席で仕事の話をすることないのにって、江崎先生、文句言ってました」

「仕事の話だったの？」

「はい。江崎先生も呼ばれて、なんか話していましたよ」

江崎を目で捜した。

「何の話をしていたって？」

「はぁ、それが」と野口は不思議そうな顔をする。「これからの脳外科は君のような若い者に頑張ってもらわんといかんとか言って」

そして野口は小首を傾けた。

「よくわかんないです。荒井先生、ご機嫌だったから」

山崎は向こうのテーブルですっかり酔っぱらっていて、赤い顔でへらへらしている。俺は一気にビールを飲み干した。そこへ看護師たちが、それぞれにビールのビンや酒のとっくりを持ってなだれ込んできた。

――沢村センセ、遅かったじゃありませんか。

センセ、あたしのお酒もホラ、飲んで下さいな。

宮永暎子もやって来た。どこからともなく江崎も現れた。

「ずるいですよ。最後の三十分だけ参加だなんて」

残り物をかき集めてきたのだろう、江崎は不揃《ふぞろ》いな刺身を並べた皿を持っていた。もう一方の手には、汗をかいた真新しいビールのビンが握られていた。

「ビールぐらい、かんと冷えたのじゃないとね」

そう言うと、俺のコップにビールを注いだ。

刺身は張りを失って、表面がのびたり乾いたりしていた。腹はビールでもういっぱいだ。それでも江崎はにこにこしている。白い顔が紅を差したように赤い。覚悟して、飲んだ。冷えたビールはうまかった。

幹事が奇声を上げる。

「はい。つぎ二次会。カラオケ。みなさぁーん」

語順がばらばらだった。それでも皆、声を上げて喜んでいる。江崎も野口も、幹事に向かってパチパチと手を叩いた。見れば村田教授も赤い顔をして手を叩いている。

村田は、若い医者たちが群れ騒ぐのを見るのが好きだ。そんな教授が、俺は好きだ。

今日は帰ろう。

そう思った時だった。脇から声がした。

「センセ、飲んでますか？」

三木谷だった。

外は雪になっていた。二次会に行くグループがざわめきながら動き出す。

「三木谷さん、二次会には行かないの？」

「先生はどうするんですか」

「急がないといけない解析データがあるから、大学に戻らないといけないんだ。腹ごしらえもすんだことだし」

三木谷はクスと笑った。

「そんなに酔っぱらって、お仕事できるんですか」

まんざら嘘ではない。「急がないといけない」というのが嘘なだけだ。なにもしないと気が塞《ふさ》ぐ。でもそう言われればその通りだ。大学まで二キロある。空を仰いでため息をついた。

「酔い醒ましに大学まで歩いて帰りますよ」

三木谷の表情が明るくなった。

「じゃ、御一緒していいですか。あたしのアパート、大学に戻る道筋にあるんです」

タクシー乗り場は長蛇の列ができている。バス停にできた人の列もまた、長かった。

「うん、これは君も歩いた方が早いようだね」

そして三木谷とバス道沿いに歩き始めた。

雪は、路上に落ちては溶けていく。道端では積もりはじめていた。雪は、降るのに、雨と違って音がない。積もった雪の上に音もなく乗っかって、白く、白く膨らんでいく。

「あたし、あのあと秋山さんのお姉さんから手紙をもらったんです。遺品の中に日記帳があって、それにあたしのことが書いてあったそうで。あたし、もらったきりになっているペンダントのことが気になりだして、返しますって電話したんです。そうしたら、せっかくだからもらってやってくれって言われました。さっきその話をしようとしたんだけど、先生の回りには人がいて、寄りつけなくて」

俺は思い出して苦笑した。

「江崎くんが余り物をどっさり持ってきた」

「沢村先生って、ガツガツした感じがないから、皆、安心なんです」

意味がわからなくて、三木谷を見つめた。

「医者はエリートだからって、それだけで満足しているお医者さんって、見ていてなんだか疲れる。っていうか、とりあえず勝ち組って感じがいやなんです。その点、先生はそんなじゃないもの」

そして三木谷は顔を上げた。

「先生は、なんでお医者さんになろうと思ったんですか」

空を見上げた。酒が回って、冷えた外気が心地よかった。

「ほんとだね。そう言われれば、その、ぼうっとした感じって、自分でも思い当たるよ。家が開業医でね。子供の頃から医者になれって言われていたから、とにかく医者だけはいやだった。でも何をしたいってこともない。家を継がないつもりかって母親には恨めしそうな顔をされるし。それで結局医者になった。なんとも情熱のない出だしだった。でも病棟でいろいろな人に接しているうちにわかってくるんだよ。医者って、役にたたないと、惨めなだけなんだって。誰も助けられない医者って、ほんと、惨めだって。いわば医師たる自覚を持ったんだな。そこへ持ってきて父親が脳腫瘍《のうしゅよう》で死んじゃったんだ。センチメンタルな気分になってね。脳腫瘍の研究が運命だなんて、思い込んだものさ」

植物状態に陥って死んだ。意識があったなら、父は最後に何を言っただろう。

技術は進歩する。進歩すれば古いものは蔑《さげす》まれるように扱われる。今では技術だけが医師の力量だ。

「三木谷さんはどうして看護師になったの？」

三木谷は恥ずかしそうだった。

「小さい頃に病院の看護師さんに憧れたことはあったんです。優しくて、はきはきしていて。でもそんなこと、忘れてました。高校を卒業するときの進路相談で、特にやりたいこともなく、成績もそんなによくなかったし、困ったなって。先生や親は何がしたいか考えろって迫るけど、急に言われたって、なにも思い付かない。それで小さいときのことを思い出して『看護師になりたいです』って言ってしまった。でまかせだったんです」

「十九や二十歳《はたち》で、何になりたいかだなんて、問い詰められる方はいい迷惑だよね」

三木谷は頷いた。

「看護学校では、看護師になったらコンパで男の子にもてるからだとか、医者と付き合えるからだとか、そんなことを平気で言う人だっています。看護学校では、白衣への憧れって、看護師の白衣じゃなく、医者の着る白衣。わかります？」

「どういうこと？」

「白衣を着ている男性。そういう人と結婚することに憧れるんです」

「ああ」

心当たりはある。医者の妻になりたがっている女はそれこそ星の数ほどいた。舌なめずりして医者の妻の座を狙っている女。いまの妻と出会っていなかったら、なんの問題意識もなく、そんな女と一緒になっていただろうな。

「白衣の天使なんて言うけど、白衣を着たからって天使になれるはずもない。中は生身の人間ですから。結局、天使のふりをして患者さんに安心してもらえたら、それはそれでいいじゃないかって、開き直って」

「君の言うこと、正論ですよ。病人は、特に入院なんかして心細いと、優しくて頼りになる人がそばにいると思うだけで安心する。看護師は勤務時間中、その役を務めるんですよね」

三木谷は嬉しそうに笑った。あの、三木谷陽子と歩いているような気がしなかった。そういえばその豊満なバストと話し方の特徴以外に、彼女を認識してやったことがあっただろうか。

冷えてきた。雪が真っ白な綿を乗せたみたいに辺りを覆い始めている。自動販売機の明かりが見えた。

「あったかいコーヒー、飲みませんか。といっても缶コーヒーですけど」

自動販売機で缶コーヒーを二つ買った。続けざまにからんころんといい音を響かせて落ちてきた。下でがっしゃんとぶつかる。もつれ合った二つを狭いところから取り出してやると、指に滲《し》みるように温かい。一つを三木谷に渡した。もう一つをコートのポケットに入れた。三木谷は不思議そうな顔をした。

「こうするとあったかいんです。学生の頃、よくこうやって缶コーヒーを懐炉《かいろ》がわりにして、自転車に乗ったものだ」

合点がいったのか、三木谷は笑い出した。

「お医者さんなのにね」

「医者になる前はただの学生です。医者になったけど、やっぱりただの人間ですよ。今日みたいに、残り物でもただで飯が食えればうれしい」

三木谷はまたうれしそうに笑った。それから真似《まね》て、缶コーヒーをコートのポケットに入れた。そしてあったかい、あったかいと喜んだ。

大学が近づいていた。不意に不思議な気がした。なんで並んで歩いているんだろうか。

三木谷は帰り道だったはずだ。

「三木谷さん、アパートは？」

三木谷がぽつりと答えた。

「もう通り過ぎました」

足が止まった。

見つめ返している三木谷に気がついた。

見上げる彼女の視線にがんじがらめにされているような気がした。

女の視線が魔法をかけている。

三木谷陽子の唇がふっくらと見えた。そこに見ているのは本当に三木谷の唇なのか、何か妄想がとりついているのか、わからない。とにかくこの上なくふっくらと見えたのだ。

彼女の指が伸びた。

三木谷陽子の人差し指の先が、わずかに俺の首筋に触れた。唇が近づいていた。

少しずつ。少しずつ――

俺は唇を重ねた。

淡い。

夢の中にいるようだ。

母の匂いがしたのだろうか。生まれたばかりの時の娘の匂いだろうか。三木谷の指先が首筋に触れている。そこから全ての自意識が放電されて、とっぷりと、その淡さに浸《つ》かる。

唇を離したのは三木谷だった。

恋愛感情はない。恋愛感情のないままに唇を重ねたことが、ひどく申し訳なく思えた。

それで、そっと抱きしめた。三木谷は静かに、俺の胸の中に沈み込んだ。

彼女はわかっていたのだと思う。それがせつなくて、一層抱きしめた。

女ってこんなに儚《はかな》いものだっただろうか。

三木谷が帰って行く。

それをただ、立ちすくみ、見送る。

そこはちょうど大学の前の小さな公園の前だった。

雪の舞う公園。

色の剝《は》げた青いブランコがあって、その上の木の枝にうっすらと雪が積もっていた。その積もっている雪が、カサッと音を立ててベンチの上に落ちると、思った。

次の瞬間、目の前の雪がカサッと音を立てて足元のベンチに——木製の、古びたベンチの上に落ちたのだ。崩れ方から枝の揺れ方まで、まったく同じだった。

気のせいだろうか。そう思う間にも「頭上の電灯が接触不良で瞬く」画像が頭の中に拡がった。三毛の野良猫が電灯の下を頭を下げ、肩をそびやかし歩き過ぎる。すると次の瞬間、目の前で頭上の電灯が本当に接触不良で瞬いた。三毛の野良猫が、頭を下げ肩をそびやかして、電灯の下を歩いていた。足元が泥の染み込んだ雪で汚れている様子まで、録画テープで再現するように、同じだった。

同じことが二回起きている。いや——見たと思ったことを、現実が追いかけてくる。

次にはもっと不思議なことに気がついた。もっと以前にも、これを見ている。雪の舞う公園。雪の下での抱擁《ほうよう》と接吻《せっぷん》。ベンチは古い木製のベンチ。手すりだけが赤茶けた金属で、塗られていた古いペンキが剝げて錆《さ》びているのか、ただペンキの色が褪《さ》めただけなのかわからない――

夢の中で秋山が三木谷と抱き合っていた。あれは秋山が病院に再入院する朝だ。彼が倒れた日。

俺はやっと気がついた。

秋山だ。

俺は今、秋山を「代行」したのだ。俺の中にいる秋山が俺の身を借りて、その思いを遂げた。そして今秋山が俺の身を借りて見ているものが、俺自身が現実に見るより、ゼロコンマ五秒程度早く俺の意識に投影されている。

そしてこの日を、俺は四カ月前に夢で見たのだ。

電灯がチカチカと瞬いた。雪はただ、静かに舞い降りていた。

七

「既視」と「憑依《ひょうい》」。

その日から今まで以上に講師室に籠《こ》もるようになった。そして図書館に通う。

あの既視感は人の言う「こんな光景をどこかで見たことがある」というようなものでは

なかった。本に「『見る』というのは、目から入った情報が脳に届いて情報処理されて意識に上がって初めて成立する。短時間に全く同じ画像を見るというのは、脳内で何らかのバイパスを通って、もしくは高速化した特定な電気信号により、その通常の道筋とは別筋で、もしくはその手順をいくつか飛ばして、意識に上げ、通常の手順を踏んだものより先に意識に情報を投影させてしまうのだ」と書いてあった。あとから通常の手順で上がってきた情報が受信され、二回になる。まれに、そういう体験をなんどもする人がいるのだという。ただ、論理的根拠は乏しかった。しかし読めるのはそれぐらいしかなかった。あとはお話にもならない。「憑依」になると、読む価値もない。

暇さえあれば図書館に座り込み、なんでもいいから本を読みあさっていたのだ。

年の明けたある日、俺は一冊の本の前で立ち止まった。それはドイツ語で書かれた肝臓の専門書だった。

図書館の洋書はたいていが英語だ。

昔の医学生のほとんどはドイツ語を学んだ。習った用語がドイツ語であるために、カルテもドイツ語で書く医者が多かった。

昔と違って今は医学書のほとんどが英語であり、日本語に訳されたものも多く出版されているので、ドイツ語は不要だ。それで俺はドイツ語が苦手だ。英語についていえば、医学雑誌が英語で書かれているし、学会に発表する論文は英語で書くことが多いため、その程度の英語力はある。しかしもともと語学は得意ではない。最近、以前より英語を読むのが面倒でなくなったのには気がついていた。しかしドイツ語は依然ほとんど読めなかった。ドイツ語で書かれているその肝臓の専門書の背表紙を、あたかも日本語で書かれているもののように読んでいたのだ。

手に取って広げた。

まるで日本語を読むようだ。理解できる。違和感がない。外国語だという意識も起こらない。薄気味悪くなって文字を、文字だけを見つめた。

間違いなくドイツ語だった。

本を閉じた。

俺にはドイツ語は読めない。秋山にドイツ語が読めただろうか。いや、あの秋山がドイツ語を学習し、習得していたとは思えない。でも今、自分は確かに読めるのだ。

その時不意に冷たい笑いが込み上げた。

秋山も本当はドイツ語がすらすら読めたに違いない。ただ、ドイツ語を目にする機会がなかっただけで。

セザンヌのリンゴを思い出した。そしてあのフランス語を。

タウンセンターの食料品店で働いていた秋山は、フランス語で書かれたものもドイツ語で書かれたものも目にする機会はなかっただろう。でも秋山はフランス語の文章をそらんじた。

俺が秋山の記憶や思考、能力を取り込んでしまったように、秋山も誰かから取り込んだのだ。

秋山に移る前、この髄液はドイツ語の堪能な人間の中にいた。ドイツ語の読解力とともに秋山に移り、それがそのまま俺の中に移り込んだ。

笑いが引いた。

そばにあったフランス語の原書を摑《つか》んだ。

フランス語が理解できた。その言葉の持つ意味、発音、そして文意を。

その時初めてはっきりと理解したのだ。秋山のあの肥大した脳は無数の感染者がひしめいている場所だったのだということ。

あの髄液の中に、煙草を吸いたがっているやつがいた。だから彼は突然ヘビースモーカーになり、俺もまた、初めての煙草をうまいと思った。

移植された臓器は人体に取り込まれたあと、やがて馴染《なじ》む。内科的に拒絶反応などは起きても、患者がその臓器自体に違和感を持つことはない。移植された心臓でも、動けば、「自分のものでない心臓が動いている」とは感じない。ただ、心臓が動いているだけだ。そこには他者に相対するような葛藤《かっとう》はない。突き詰めれば、自分でなくなっていくことにだって、なんの葛藤もないだろう。小説「変身」の男が、虫になったあと、理性を失っていくことに対して、葛藤が生まれないのと同じだ。同化したら、葛藤しない。それを今、体験している。

知らなかったことがわかる。できなかったことができる。俺はそれに、形ばかり驚くだけだ。それも、できなかった頃の記憶を掘り起こして、驚いているだけだ。能力は元の俺となんの軋轢《あつれき》を生むこともなく定着している。

そのうちそれも消えるさ。

あの言葉。あれは秋山の髄液を目に受けた時のことだった。

間違いなく――そのうち、それも消える。そう聞こえた。

あれは、俺の中に居を変えた誰かが耳打ちしたのだ。その違和感はそのうち消えると。

自分たちに同化すると。

そう思い付いた時、俺はその場に座り込みそうになった。

――秋山の耳にも囁《ささや》くものがいたのだろうか。

秋山は脳腫瘍《のうしゅよう》と聞いて身をピクリと震わせた。

彼らは――彼らは切られたくはなかったのではないのか。身を震わせたのは秋山ではなく、「彼ら」だったのではないのか。

そして秋山が脳を切ると知った時、彼らは秋山を捨てて新しい住居に引っ越した――たぶん秋山にはわかっていたのだ。たとえ漠然とであれ、彼らが移動する意志を持っているということが。だから、俺の目に何かが飛び込む画像を見たとき、その意味がよくわかったわけではなくても、彼には気がかりだった。

だから、俺に言った――。

図書館には冬の日差しが差し込んでいる。暖かで明るい日差しだ。

ぼんやりと考えた。秋山が交通事故にあった人を、救急車が来るまで付き添って介護した様子。患者は脳に傷を負い、髄液が流れ出していた。秋山は現場で救助活動をしたとき、木材のささくれで手に小さな傷を作っていた。そしてその手で頭蓋骨《ずがいこつ》骨折した頭の止血をしようとした――

話がよく見えた。多分その気になれば場所、車まで「見える」かもしれない。

俺は三十八年前の新聞を捲《めく》った。一九七〇年の東京新聞だ。

三月によど号ハイジャック事件があった年だった。静子は上京して一週間もたっていなかったと言った。中学を卒業して就職するなら、四月だ。でも「シャツが血だらけになったけど、下宿屋のおばさんが新しいのを買ってくれた」とも言った。シャツ一枚しか着ていなかったというなら、事件は五月からあとだろう。シャツというのは下着ではなく、上着のシャツかもしれない。

四月には大阪の地下鉄工事現場でガス爆発が起きていた。五月はペルー北部でマグニチュード七・五の地震。死者七万余人の字が躍る。

でもどこにも、木材落下の事故は載っていなかった。

七〇年代は交通事故が急増した。木材が落下して通行人が死んだぐらいでは、記事にならなかったかもしれない。

結局秋山が関わったはずのその事故を見つけることはできなかった。

でも見つけて、どうなるというのだ。

いや、どうかしたいから新聞を探したのではない。我が身に起きたことのルーツを見極めたかっただけだ。

中型のトラックだった。杉の原木が、山型に積まれていた。木を固定していたロープが切れて、走る車からがらがらと流れ落ちたのだ。落ちてきた木に背中を打たれた男が転んだ。その男の上に、なお木が落ちた。そこまで知っているというのに、なぜ今さら、新聞で真偽を確認する必要があるだろうか。

それでも俺は、我が身に起きていることと、この世を結びつけたかった。もし記事があったら、喜んでいたと思う。自分の中の記憶を、現実のものとして証明してくれるものなのだから。

怪我をした人間は死亡した。事故死は外因死だから検死検案までで解剖はしない。解剖したら「この患者、重度の脳腫瘍だ」なんて言ったことだろう。視床下部の体積が増加していたはずだから。

その前の記憶に焦点を合わせてみようとした。事故で死亡した人――中年の男性。その前は。

子供だった。十歳くらいの少年。あとは霧の中に飲まれたようにわからない。場所も、状況も。

エレベーターの中で異常に気の小さかった俺。あれは沢村貴志だろうか、それとも他の誰かだろうか。誠実に生きることを守りきることはできるだろうか。脳腫瘍の基礎研究者である沢村貴志を守りきることができるのだろうか。

俺の中の本当の俺は、この先どうなるのか。

traitez la nature par le cylindre, la sphère, le cône, le tout mis en perspective, soit que chaque côté d'un objet, d'un plan, se dirige vers un point central——仮に、ある物質の、ある平面の全ての様相が、中心点に収斂《しゅうれん》されるとしても、あなたがたは、全ての自然物を、遠近法を使って、円筒形、球形、円錐形《えんすいけい》として捉えなさい。

訳したって訳さなくったって同じ。秋山のように音で覚えているのと変わりはない。なんのことだかわからないのだから。頭の中でその文章は、未だ意味をとることを拒み続けている。

差し込む日差しを見つめた。

——本を読もう。そのために図書館に来たんじゃないか。

俺は手元の本を開いた。そしてひどく古い文献だと思いながら読み進んでいた。それが古いドイツ語の本だと気づいたのは、随分経《た》ってからだった。

俺が心に決めたこと。それは自分の中の秋山を黙殺することだった。病院の中でいままでと同じ生活を送ること。それ以外に自分自身であり続ける手段などありはしない。武蔵野医科大学脳神経外科医であり、脳腫瘍の成長解析を研究する講師としての生活だ。大学での日常だ。それから離れたらどこまでも落ちていく自分がいるような気がした。分裂しながら落ちていくのだ。

その日から図書館にいくのをやめた。講師室に籠もるのもやめた。朝起きて、病院に行き、外来患者をみて、研究をし、学生に教える。それを繰り返す。医局で看護師や先輩、後輩医師と語らい、一日を終える。なにも考えず、それを繰り返すのだ。

するとそこには、荒井という男が壁のように立ちはだかっているのに気付くのだ。

俺をこの日常から追い落とそうとする者だ。

彼の言葉は耳から離れなかった。

——村田教授もね、理解しているんだよ。ここは最先端医療技術の基礎となるべき大学付属病院だということをね。

脳腫瘍の基礎的な研究だけでは、早晩大学病院にとって存在価値を失うという、あの言葉だ。

この前の酒の席で江崎は荒井と何を話し込んでいたのだろうか。

これからの脳外科は君のような若い者に頑張ってもらわんといかんと荒井は言った。そこに医局長の山崎が同席していたというのは、何を意味するのだろう。

——荒井先生、ご機嫌だったたから。

確かに福島が入れば講師が一人余る。しかしいかに福島が内視鏡手術のエキスパートであったとしても、大学内に顕微鏡手術の外科チームを作るのなら、それを牽引《けんいん》する人材は、この医局内からの選出であることが望ましい。もしかしたら荒井はそのリーダーに、江崎を考えているのではないか。全ては俺をこの病院から弾《はじ》き出すために。

荒井と揉《も》めたら、村田教授は頼りにはならない。辞めた山西医師がいい例だ。あの時、村田が辞表を出した先輩医に事情を問い質《ただ》さなかったのは、荒井に非があったとしても、それに対処するつもりがないからだ。むしろ荒井の機嫌をそこねる分、損かも知れない。だから問わなかった。

そんな人物が、医局のトップであっていいものか。

苛立《いらだ》つのだ。今まで全信頼を置いていた村田教授であったのに、いや、大学病院のシステムを積極的に支持していたというのに。

結局、大局的な視野じゃないんだよな。自分に損か得か。偉そうな顔をしていても、人間なんて結局そこに落ち着くのさ。村田教授だって、自分の身を守ってからの人事と医療じゃないか。

荒井あっての村田か。

江崎だって、いま荒井に不満を持っていたって、出世をちらつかせられたら、どう宗旨《しゅうし》がえするかわかるものか。

病棟を結ぶ連絡通路はガラス張りで、日が差し込んで明るい。綺麗《きれい》な病院だった。健康的で、なにより快適だ。

ここを離れたくないと思った。

このままここで研究を続けたい。後輩を愛し、後輩に愛され、先輩を尊敬し、先輩に守られ、世間の雑音の中に身を沈めずに。勝ち組の興奮もないが、さしたる敗北感もない。ただ穏やかに研究を続けたい。この、選ばれた者だけが集う美しい施設で。

俺はここから排斥《はいせき》されるのか。

医局に荒井がいた。彼は俺が入ってきたのには気付かず、ホワイトボードに黒いマーカーで自分の行動予定を書き込んでいた。

木曜夜〜土曜　高田総合病院

この荒井が。

こいつさえいなければ。

その瞬間だった。頭の中で音がした。

シュッ。

画像が広がった。

黒ずんだ道路。

潰《つぶ》れた車体——前面から助手席側が特に跡形もない。銀色のボンネットが折れて跳ね上がっている。

湯気が出ていた。雨が降っているのだ。雨粒が潰れた車の回りで蒸気になって、細かな湯気を発している。

腕の三分の一ほどが、運転席の窓からぶら下がっていた。その指から血がしたたっていた。雨が、その血を洗い流している。

その手の主はストライプのシャツを着ていた。

白地に青いストライプ。

オメガの腕時計が潰れて——割れたカバーガラスを小雨が叩いて。

割れた時計のカバーガラスが目に焼きついた。白い文字盤に黒の針。ガラスに罅《ひび》は三本。

雨に打たれて、滲《にじ》む——

「高田総合病院で一日がかりの巨大脳動脈瘤《のうどうみゃくりゅう》手術があるんだ。呼ばれているので、何かあればそっちへ連絡してくれ」

荒井の声で我に返った。普段なら頭に浮かぶ画像は瞬間的に切れた。しかし今度の画像は切れることはなかった。テレビがついているように、画像は映り続けた。黒いアスファルト道路に雨が降り注いで、左のウィンカーが点滅していた。

俺が見つめているので、荒井が怪訝《けげん》な顔をした。そして自分の上着に手をかける。その手首にあったのは、オメガの時計だった。追って視線を上げれば、荒井が着ていたのは、白地に青のストライプのシャツだ。

「——先生、車ですか」

荒井はなんだか気味悪そうに言った。

「車以外に何があるんだ。車だよ」

そしてジャケットに袖を通す。足元の荷物を持ち上げた。

斜め前までやってきた。横を通り過ぎる時、肩が触れ合うかと思った。頭の中で、潰れた車の運転席の窓から力なくぶら下がる、その手の先から、血が滴《したた》り落ちた。

荒井は肩先を通り過ぎようとしている。

外は曇天だった。今にも雨が降り出しそうな。

秋山は自分の両親の死を感知した。その死亡の状況さえも。なぜなら、見ていたからだ。電車の踏切りで、電車に押しつぶされながら回転する両親の車を見た。その、紙箱のような潰され方を見た。そして電話で姉に、踏切り、踏切りと言った。

荒井が入り口を通過して廊下へと出ていく。

このまま放って置けば、荒井は事故死するのだ。

――それは俺の罪だろうか。

未来の事がわかる人間なんて存在しない。俺は自分のそんな能力なんて、全然認めていない。だから俺は荒井に注意しない。それで、いい。

指先から滴る血が増えていた。手が二月の冷たい小雨に打たれている。

――俺のせいじゃない。

廊下の途中で、荒井の声がした。「ああ、江崎くん」

答える江崎の声がした。「遅くなってすいません」

「いくよ」

「はい」

俺は凍りついた。

――荒井と行くなら、ホワイトボードに日程を書き込むはずだ。

ホワイトボードを、江崎の日程を見た。

何も書かれてはいない。安堵《あんど》に全身が包まれた。その時だった。後ろから江崎が駆け込んできた。

江崎はホワイトボードのところまで走ると、マーカーを摑んで、慌てて書き込んだ。

『木曜夜～土曜　高田総合病院』

そして俺の横を走り過ぎようとして、瞬間立ち止まった。

「見とけっていうんですよ」

彼は困ったような顔をして、笑った。そして荒井の後を追って駆け出したのだ。

体中に血の音がどくどくと鳴り響いていた。

街灯が斜め上に灯《とも》って、夜の濡れたアスファルトの上に、潰れた銀色の車体を映し出す。落としたクリスマスケーキのように、斜めにひしゃげていた。右側は切り取られた口のように金属がむき出して、タイヤはなかった。ひび割れたフロントガラス。

助手席部分は潰れて消滅していた。

舌の先が痺《しび》れたようになった。もう見まいとした。それでもはっきりと、大破した車が見える。

そばにダンプカーがウィンカーを点《つ》けて、停止していた。

——荒井が教授になれば、ここから追い出される。そして都落ちした同僚のことなど、もう誰も思い出さない。同僚は、この大学病院医局勤務であってこその同僚なのだ。俺の研究は誰かが引き継いで、荒井の功績になるだろう。

研修医時代が思い起こされた。試験に合格した時の喜びを思い出した。三十六時間連続勤務でも、患者に笑みを絶やさなかった、自分の忍耐を思った。

父を、母を、妻を、子を。

俺には俺の人生を守る権利がある――

どくどくと心臓は鳴り続ける。思い過ごしだ。事故なんて起きやしない。第一、もしかしたら江崎は荒井の後ろから自分の車でいくかも知れないではないか。

医局の窓に近寄った。そこから大学関係者用の駐車場が見える。

俺が見たのは助手席のドアが閉まる瞬間だった。眼下で、銀色の高級外車が駐車場からゆっくりと動き始める。

目をつぶった。このまま失神してしまいたかった。そうすれば、打つ手はなかったと思うことが出来る。しかし失神などしなかった。

時間が過ぎるのを待っていた。

なんのためなのかわからない。

なんども携帯を鳴らそうと思った。江崎に電話をして、言うのだ。急用なんだ。帰ってきてくれ。どこかのインターチェンジでおりて――君一人――この世に。

俺は電話をしなかった。

ただ時の過ぎるのを待った。

その日は夕方から急な外勤を頼まれていた。立ち上がり、鞄《かばん》を掴み、ホワイトボードに外勤先の病院名を書き込む。

「あー、やっぱり行ってるんだ」

振り返ると、野口がホワイトボードを見ていた。そしていつものあの幼い顔を俺に向けた。

「なんか最近、江崎先生、しょっちゅう荒井准教授に呼び出されるんですよね。今日も一緒に行ってるんだぁ」

医局を出た。車の席に座って、身体の芯《しん》が凍りついた。

携帯電話を見つめる。

——荒井は自分を追い出したあと、江崎を自分の右腕にする気なんだ。その準備を着々と進めている。追い出される人間が、ご注進する義務があるんだろうか。

雨の高速道路で大型ダンプカーと衝突して死亡するのは、人間のよくある末路、ありきたりな運命じゃないか。

駐車場を出る。そして数秒で路肩に止めた。

過去は厳然として、あったものだ。現在は点であり、点には面積がない。ゆえに現在という時間帯は、ない。いま現在だと思っている時間は、その瞬間から過去になる。まだ来ていない時間と、過ぎ去る時間の接点が、現在だ。現在から先は、まだない。未来を見るということは、その未来までの過程がすでに決定されているということであり、人間は決定されたことをただ行っているということになる。人間の意志や選択権は、あるようで、実はないということになる。

未来を見るということはあり得ないことだ。

未来なんて、まだないのだから。

未来は、過去とは違うのだから。

しかし映像は繋《つな》がり続けていた。焦点を合わせると、血の滴《したた》る腕が、見える。たまらなくなって、携帯電話のメモから江崎の番号を探し出し、発信した。

眼鏡を、かけられた方がいいかと思うのです。

今、秋山の言葉がぎこちなかった、その理由がわかる。

——その車を下りた方がいいと思うんだ。

秋山が精一杯言ったように、自分も言おう。そう思った時、電話が繋がった。

『電源が切られているか、電波の届かない場所にいるため、お呼び出しできません。伝言をどうぞ』

なぜ出ないんだ。

なぜあの時追い掛けなかったんだ。

なぜあの時、すぐに電話をしなかったんだ。

——ビールぐらい、かんと冷えたのじゃないとね。

残り物の刺身をかき集めてにこにこしていた江崎が蘇《よみがえ》る。俺は息を整えた。そして電話口に向かって言った。

「沢村です。ちょっと路面が危険なようなので、ずっと江崎くんが運転してください。高田総合病院についたら必ず電話を下さい」

事故が起きるとは限らない。

電話を切ると、車を発進させた。

病院に着くまで、時代後れの音楽を大きな音でかけ続けた。

電話が鳴ったのは、翌日午前八時を回った時間、外勤先の病院を出る直前だった。

「沢村先生、大学からお電話です」

電話を取った。

電話、遅くなってすいません、でも何ですか、あの変な伝言。

江崎のそんな言葉を聞くつもりでいた。それにしては、なんで大学からなんだ。

電話は宮永暎子からだった。聞いたこともないような低い声だ。

「昨夜、荒井先生と、同乗していた江崎先生が事故でお亡くなりになりました」

息が止まった。

「センターラインを越えて、対向車線を走っていた大型ダンプカーに正面衝突したそうです。お二人ともほぼ即死状態で、荒井准教授だけはその後数時間、息があったそうですが、深夜、息をひきとられました」

宮永の言葉は捉えどころがなく上滑《うわすべ》りだ。まるで何かの言い訳をしているように。

「江崎先生は高田総合病院で新設される脳外科の主任スタッフにと推されていたんです。荒井先生は、主任スタッフには沢村先生が適任だと思っておいでだったんですけど、村田教授が同意なさらなくて。沢村先生が抜けたら、うちの大学病院が困るからって。それで江崎先生の名が出て。荒井先生は何度か江崎先生を高田総合病院に見学に連れ出していたんです。江崎先生なら、数年修業して大学に戻ってきても間に合うし、いい経験になるって」

村田教授が俺を引き止めてくれた——

「それで——それで江崎くんは」

江崎がどうなったのか。聞いていないような気がした。だってそれなら、彼が死ぬ必要なんてないからだ。はにかんだような微笑《ほほえ》み。薄い眉毛《まゆげ》。花壇の花を相手にだって、うれしそうに微笑むことができる彼。力の弱いものにはいつも、優しいまなざしを向けた。

「助手席で。内臓破裂の即死です」

俺の頭の中に助手席が蘇った。それは跡形もなく砕け散るように潰れていた。

小雨の中でダンプカーのウィンカーが点滅し続けていた。


荒井准教授と江崎医師の告別式は大々的に執り行われた。祭壇には二つの写真が並んだ。多数の医局員が手伝いに入り、大学関係者はもちろん、他の医療機関からも弔問客がやってきた。

俺は江崎の写真を見上げた。色の白い、眉の細い写真だ。やっと気がついた。彼の眉は細くはなかった。ただ、色が薄いのだということ。

疲れ果てていた。そしてまだ、考えていた。

俺はあれが現実になったらどうしようと怯《おび》えた。でもあの画像が真実になることを確信していたかといえば――。俺の考えは、いつもそこで止まる。

いかに特殊な能力があったとしても「未来を見る」ことはできない。それは、未来というものはその時になるまで、ないからだ。だからあれが本当に起こるという実感は、ありながら、なかった。

まだ、想像したことが偶然に起きたのだとしか思えなかった。心のほとんどが痺れていた。そしてただ、その思いにすがっていたのだ。

「センセ。大丈夫ですか？」

顔を上げた。そこには三木谷陽子が立っていた。

「あんな高級車でも、潰れるんですね」

三木谷は泣きはらした目をして、そう言った。

彼女を見つめた。見つめるうちに怖気《おぞけ》を覚えた。

なぜ、想像したことが偶然に起きただけだと思えたかといえば、それはいままで、自分が見た画像が真実であったことを、確認したことがなかったからだ。「見た」ような気がし、現実がその画像の指し示すものと一致していたというだけ。画像が真実であったという証拠は、なかった。

その時三木谷を見るまでは。

三木谷は体のサイズより一回り大きな喪服を着ていた。安いポリエステルの喪服。襟《えり》の部分に黒いレースを張っている。季節外れの、寒そうな喪服。

三木谷のだぶだぶの喪服。

あわ立つ思いは全身を駆け抜けて、やがて俺を圧迫し始めた。

彼女は確かにこの喪服を着ていた。頭の中に見えた画像の中で。あれは、中屋朝子の緊急手術の日のことだ。だから今から半年も前だ。頭の中で葬式の画像が開いた。あのとき、画像は、写真の中の顔を確認させることなく、閉じた。

あの葬儀の画像がこの荒井のものだったというのか。

そんなはずはない。黒縁の中にいたのは穏やかな紳士だったはずだ。あの傲慢《ごうまん》な、人を人とも思わぬ男のものではない。

森岡が泣いていた。彼は、江崎の写真を見上げては、泣いていた。

嘘だ――

俺は懸命に思い出した。たしか、遺影は若くて背の高い男性に抱えられていたはずだ。

遺影を見た。

遺影を持っているのは荒井の長男だった。医学部六年生、二十四歳。長男の背は高かった。そして黒縁の写真の中に納まっていた荒井の顔は、患者に見せる、穏やかな紳士のものだった。

俺は思い出していた。荒井が時々見せる、その温和な表情のことを。看護師たちと歓談する時の、和やかな表情を。この遺影の中にある顔も、荒井の顔として見慣れたものであったということ。

あれはこの葬儀だったのだ。

俺はこの葬儀を、半年前に見たのだ。

だったら。

そのとき思ったのだ。三木谷がだぶだぶの喪服を着てこの斎場に並ぶということが、半年も前から決まっていたことなら、あの事故は防ぐことができないものだったということだ。たとえ俺が荒井をとめても、荒井は今日、ここで葬儀を営まれる運命から逃げることはできなかったということだ。

俺は真実のかけらを見せつけられただけだということだ。

そしてその時気がついた。

――あの画像の中に、江崎の姿はない。

俺はその時、思った。

俺が声を掛けて、江崎を荒井准教授の車から降ろしていたら、少なくとも江崎は死ななくて済んだのかもしれないと。

彼は死ぬ運命を定められていなかったのかもしれない。

最後に荒井准教授の車のドアがしまった、あの時でさえ、江崎の姿はみえなかったのだ。

あの瞬間でさえ、あれは、荒井と江崎が乗った車ではなく、荒井の乗った車に過ぎなかった。

葬儀では荒井の妻が、挨拶《あいさつ》をしていた。彼女は江崎の事に触れた。夫が自分のミスで命を落としたのは自業自得であるが、それに巻き込まれた若い医師には、なんと言っておわびを申し上げればいいのかわからない。

俺は自分が見た画像を、写真を見るように鮮明なその画像を見続けた。その中に江崎を見つけたかった。彼が、俺の責任でなく、彼自身の運命として死んだのだと思いたかった。だが葬儀の画像にも、事故の画像にも、どこにも江崎はいなかった。

俺は荒井を憎んだ。でも同時に、江崎にも心のうちで悪態をついた。俺は、荒井の人間性を憎んでいたんじゃない。荒井が自分に好ましくないから憎んだのだ。だったらたぶん、江崎のことも憎んでいたはずだ。あのときには、自分を追い詰めている人間に見えていたのだから。

俺はたぶん、江崎が死んでもいいと思っていたのだ。確かにあの時、必ず事故が起きるとは限らなかった。でもあれが現実になるという確信は持っていたのではなかったか。それなのに荒井を消滅させるために江崎が道連れになることに、形ばかりの抵抗を試みただけで、やったことといえば古い音楽を大きな音でかけながら車を走らせただけだ。

俺は二人を助けることなど考えなかった。ただ、失神していたいと願った。

――そうすれば、打つ手はなかったと思うことが出来るから。

唇が震えた。

よりよい自分の人生のために、自分が『選ばれ続けていく』ために、自分に関わりがないものを見限ったのだ。いや、自分に関わりがないものだから、見限ったのだ。

正義なんて、ないのだ。

「沢村先生でいらっしゃいますか」

隣で呼びかける女の声がした。

そこには五十過ぎの女性が立っていた。喪服を着ていた。借り物でない身に合った喪服だ。借り物でない悲しみだ。

「江崎の母でございます」

俺は悲鳴さえ上げそうになった。彼女は俺に、深々と頭を下げたのだ。

「息子は沢村先生の話をよくしておりました。先生がいたから、続けられた。先生が、いつも僕をかばってくれた。僕は頼りない研修医をみると、泣きそうになる。そこに自分がいるみたいな気がするんだって、そう申しておりました。先生に感謝し、先生のことを、いつも尊敬しておりました。こんなことでお目にかかることになるとは、思いもよりませんでした。でもこれもあの子の運命でございます。いい先生方に囲まれて、楽しく暮らしていたものと思います」

江崎の母親が頭を下げる。やめてくれと叫びそうになる。この母親は全てを知っているのではないか。知って、そんな形で恨み言をいっているのではないか。

彼女の表情が豹変するような気がする。この偽善者――いまにもそんな言葉が飛び出して来そうな気がした。

頭を下げた。そのまま、あげることができなかった。

母親は、何度も頭を下げていた。

斎場の片隅で、囁くような声が聞こえた。

「荒井准教授がこうなったら、今度の教授選は混乱しますね」

「村田教授は荒井くん以外考えていなかっただろうしねぇ」

「村田教授は母校にお伺いを立てたそうですよ。人選について」

「前浜医大の准教授に一人、それらしいのがいるって」

「誰ですか」

寒椿が咲いている。その赤い花の向こうに、照れて笑った最後の江崎が蘇る。立ち止まって俺をみた。『見とけっていうんですよ』

――武蔵野の医局の中から出すって話は？

――さてね。村田教授も、政治には疎《うと》いから。

頼りない研修医をみると、そこに自分がいるみたいで、泣きそうになる――だから江崎は、野口を大事にしたのだ。森岡が忙しさにかまける分、野口を見守った。

先生に感謝し、先生のことを、いつも尊敬して。

寒椿の向こうで、江崎がはにかんで笑っている。

俺が殺した。

寒椿の花をみながら、そう思った。

荒井の仕事を代行するようになって、初めて自分の思い上がりを知った。

彼の仕事をやってわかったことは、自分たちが思いこんでいた、憎しみの対象としてだけの荒井は、現実には存在しないということだった。

荒井は脳腫瘍の手術監督を俺と分担していた。だが脳卒中や脊髄《せきずい》の手術監督は荒井がほとんどをやっていた。荒井の監督数は、俺よりずっと多かった。それを考えたことがなかった。

彼は確かに横暴ではあった。江崎は彼のことを「最後は術者を取る」とこぼしていた。

でも思えば、荒井は江崎のいうように、技術を盗めという主義だった。だから荒井にすれば、より多く自分の仕事を見せてやることが「教育」だったのかもしれない。

荒井が手術をするのが好きだったことは間違いのないことではある。教育のために、人がやっている手術を途中から取り上げるような真似《まね》をしたわけではない。しかし必要以上に彼を悪者にすることで、不満を発散していたのも、事実だ。俺には荒井の技術への嫉妬があった。病院の看板たる荒井への嫉妬だ。七年では埋まらない、彼との実力の差だ。若い医師にはそもそも医局の階級性、閉鎖性自体がストレスだ。荒井は、こもごもの不満を溜《た》めている人間たちに、格好の攻撃対象になっていた。感情的になり、結託して彼をいじめていたと言い換えてもいい。

荒井が、俺が若い医者を焚《た》きつけていると言ったことがあった。

いま、そうだったかもしれないと思う。

中屋朝子の件だってそうだ。江崎を助けない荒井に怒りを感じた。でもあの時、手術監督はこの俺だった。だったら俺が江崎と並んで家族の不満を聞いていてもよかったのだ。

荒井のことは責めたが、自分の責任については考えることもなかった。

医局制度を支持したのも結局は医局が自分に有利に動いていたからだ。ピラミッドの六パーセントに入っていたからにほかならない。

自分の外来診療、学生講義、研究に加えて、脳外科の手術の監督を全てこなした。荒井がしていた学生講義、外来診療も、した。

誰が自分の上司になろうと構わない。地方にとばされてもいい。

幸せなんて比較の問題なのだ。今、あの時間——荒井と肩が触れそうになった、あの時間に誰かが戻してくれたなら、間違いなく、言う。今日は車に乗ってはいけないと。そのストライプのシャツを着て、オメガの時計をはめて、道路に小雨の降る夜は、決して、車に乗ってはならないと。

それで彼の運命が変わらなかったとしても。

江崎は死亡する運命にあったのか。それとも俺が殺してしまったのか。俺の感情が現実に投影されるということはあるのか。

秋山はおとなしくて我慢強い男だった。決して感情的にならない。生まれ持った性質だったかもしれない。でも一方で、そうあることを自らに課していたのではないかとも思う。なぜなら俺自身が今そうなりつつあるからだ。なににも興味を持たぬように心がけ、自分にマイナスの感情が起きないように制御している。誰かを恨むことも憎むこともないように、細心の注意を払っている。江崎を死に至らしめたのは自分のあの瞬間の感情だったのかもしれないと思う。だから感情的になるのが怖い。

放射線科の前で思い付いた。

いま、頭の中に放射線をあてたら、なにが見えるのだろう。それとも、彼らは我々の科学をあざ笑って、姿を現さないのだろうか。

ドアをノックした。

放射線技師の近藤が、珍しそうに顔を上げた。

「MRSとファンクショナルMRIを調べてもらいたいんですけど」

MRSは脳細胞の代謝を調べる検査で、脳代謝産物を検出し、その分布をグラフ化して代謝形式を分析する。ファンクショナルMRIは脳の機能を画像化する検査で、脳のいろいろな中枢を賦活《ふかつ》刺激しながらMRIを撮像して、各中枢野の活動を検査する。

「予約ですか?」

医師が患者の検査の予約を直接取りに来るなんてことは、ない。

「僕のなんです。だから空いているときでいいんです」

最近頭が痛いのだと言った。近藤は心配そうな顔をしたが、なにを問うでもなく、すぐに了解した。

心臓に異常が起きた時でないと心電図に異常波はでない。脳も、仮に検査で異常が検出できるとすれば、それは異常な活動をしている時だろう。しかし今まで何かを見ようとしたことはない。勝手に見えたのだから。検査中にその偶然が起こる確率は極めて低い。俺になんといって考えがあるわけではなかった。

近藤が連絡をくれたのは、その日の夕方だった。

「いまなら空いてますよ」

トンネルのような容器の中に身を横たえて、小学校を考えた。いつ何どきも変わらぬ風景を持つものといえば小学校であり、時代が変わっても夕暮れ時に校舎に反響する子供たちの声は、どういうわけだかまったく同じだ。

絵里香の小学校には何度も行ったことがあるから、すぐに思い浮かべることができた。コンクリート校舎の前に校庭があり、高い柵で囲まれている。柵はグリーンにコーティングされた針金で編まれたものだ。サッカーゴールが端にあり、鉄棒が四本、高さに差をつけて並んでいて、その下は砂場になっている。学級花壇は縁石で丸く囲まれていて、チューリップや朝顔など、子供が見慣れた草花を育てている。鶏の小屋もある。「生き物係」は小屋の掃除をしないといけない。夏休みだって学校に行って、餌をやったり水を替えたりする。それが面倒くさいと言って、絵里香がごねて、手を焼いたことがあるからよく知っている。

見慣れているのは、外から見た小学校だ。思い出しながら、グリーンの柵越しに見える小学校をできるだけそれらしく想像してみた。

サッカーをしている集団が歓声を上げている。端の方でドッジボールをしている子供たちがいる。絵里香がいるとすればどこだろう。校庭で遊ぶ娘は、ドッジボールが似つかわしい気がする。あいつならむきになってボールを投げているに違いない。

汗だくの娘が連想された。負けん気の強いのは妻に似た。大きな目をくりくりさせて、飛んできたボールを憤然として受けるのだ。まったく。闘志むき出しだ。あれでは嫁にいけない。受けたボールを持ちかえると、力いっぱい投げつけるのだから。あんなのにあてられたら、男の子だって泣くかもしれない。絵里香も意地が悪い。泣き出しそうな子に狙いをつけるのだから。あんな色の白い男の子に投げるだなんて。多分絵里香は彼のことが嫌いなのだ。真っ赤なトレーナーを着ているから。趣味悪いよねーだなんて、友達と言い合っているのだ。ほら、泣き出した――

機械音が止《や》んだ。

検査が終わったのだ。

検査の結果を聞くために、仕事をしているふりをして大学に居残った。

八時を過ぎて、近藤がやってきた。彼は明るい顔をしていた。

シャウカステンに何枚ものＭＲＳとファンクショナルＭＲＩの解析画像を並べる。

「ごらんの通り、ファンクショナルＭＲＩも運動賦活、光刺激、言語賦活ではどの中枢も問題はないです」

その瞬間考えたことは、全部夢だったのではないかということだ。

俺の頭はなんの変哲もない頭で、ちょっとしたノイローゼにかかっていただけ――そう思いかけたその時、一枚の写真に目が留まった。

最後の一枚だった。脳底部付近から前頭連合野の一部に向けて、まるで船が突き進むように赤く色付いている。

「これは……」

近藤はそれをみて「ああ」と思い出したように声をあげた。

「そうなんです。一連の賦活が終わる最後の方でした。高信号が出現して」

うん、この最後の写真だと、近藤は独りごちした。

その赤い色の作る形は、水を裂いて進む船の、そのあとに拡がる扇のような波に似ていた。いや、流れる彗星《すいせい》だろうか。とにかくなにかの信号が脳底部からまっすぐに前頭連合野に向かっている。

「どこからですか」

「視床下部の方向のようですね」

近藤は、画像を見つめたまま、言った。

視床下部。

「アーティファクト（人工的誤差）でしょう」

近藤の顔がシャウカステンの光を受けて、白く光っている。うんと、うわずるように同意した。そのまま講師室に駆け込んだ。

走るつもりはなかった。でも走っていた。

娘の小学校と、ドッジボールするその中の娘は、想像したことだ。かつて見たことのあるような画像を、無意識に繋いだものだ。いや、記憶していたものだと言った方が正確だ。でも最後の瞬間――赤いトレーナーを着た男の子がボールを投げつけられるところを思い浮かべた時、俺は確かに、その画像に見入っていた。どこからか確かに、頭の中の画像に目を凝らして、楽しんでいたのだ。

携帯を取り出すと、自宅を呼び出した。妻は「あら」と驚いた。

「なに？」

「絵里香に代わってくれないか」

「いまお風呂よ」

「絵里香、今日何時ごろ帰って来た？」

妻は不思議そうな声で、答えた。「六時前だったかしら」

検査は五時過ぎだった。

「じゃあ聞いてくれ。今日、夕方、どこでなにをしていたかって」

「いま？」

「いま」

妻が電話の子機を持って歩く。妻の移動は、スリッパの音でわかる。ドアの開く音が大きく響いて、パパからよという妻の声が聞こえた。受話器が母から娘に渡される。娘は浮かれていた。

「いまお風呂よぉ！　パパ、エッチ！」

俺はなぜだか顔が苦痛に歪《ゆが》むのを感じた。

「今日、放課後、学校で遊んだかい？」

「遊んだ！」

「なにして遊んだ？」

「ドッジボール」

「なんか変わったこと、なかった？」

「なんにもぉ」取り澄ました声だ。ママに代わってくれと娘に言った。

妻が電話口に出た。「どうしたの」

娘の大きな声がする。「なんでパパはわかったんだろ」

妻が娘に尋ねる。「なにが？」

娘が答える。「今日、聖也くんを泣かしたこと」

「パパ、そんなこと言った？」

「だって。わざわざ、放課後何かあったかなんて聞いてくるんだもん。聖也くんが泣いたことしかないじゃん」

俺は耳を澄ませていた。「絵里香は今日、男の子を泣かしたのか」

妻はうんざりした声を出す。「そうなのよ。絵里香の投げたボールが顔面に当たって大泣きしたんだって」ゲームで泣くやつが悪いと、絵里香の声が凛《りん》として風呂場に響いている。母親が娘に「わざとやったんでしょ」と言っているのが聞こえた。

「トレーナー……」そういうと、言葉に詰まった。その男の子が何色のトレーナーを着ていたかなんて、聞けない。ママ、ドッジボールはね、相手にボールを当てる遊びなんだよ。わざとじゃなくて、なんなのさ――絵里香の毅然《きぜん》とした声が風呂場に反響している。

「それで、何が聞きたかったの？」

「泣かした男の子のトレーナーの色」

　妻が一瞬、ぼんやりとしたのがわかった。それでも妻は娘に聞いた。「聖也くん、今日何着てた？」

「真っ赤なトレーナー」

　似合ってないのぉ、しろいへなちょこぉ……と歌うように声が響いていた。


　村田に呼ばれたのはその数週間後のことだ。

　彼の部屋のドアを叩いたのは久しぶりだった。

　村田は席を勧め、ここ数週間の労《ねぎら》を労った。

「君と荒井くんの間に感情的な行き違いがあったのはわかっていた。みなが荒井くんのことをどう思っていたかも、宮永くんから聞いていた。でも荒井くんも悪い男ではなかったんだ。あれで人づきあいの下手《へた》な男だったんだよ。君に高田総合病院の話を持っていっていたらしいね。短慮だったと、反省していた。聞いているかもしれないけどね。それで江崎くんを推した」

　村田は俺に顔を上げる。

「その辺りの事情をまだ一度も話したことがなかったなと、思いだしてね」

「恐れ入ります」

いや、と村田は言う。

「荒井くんはある意味で紳士でなかったかもしれんが、それでも、彼は彼なりに取り組んでいたんだ。ただ人に話して聞かせるということができなかった。大局に目はいくが、人心を忘れる。嫌われるタイプであったのかもしれん。しかし結局時代を牽引《けんいん》するのはあのタイプなんだ。私がもっとフォローすべきだったとも思う」

ただ頭を下げた。

村田は笑う。「人間、誰しも、なにかしら問題があるものだ」

そしてしみじみと言った。

「退官が近くなって、いろいろなことを考えるようになったよ。いい病院ってなんだろう。いい教授ってどういうのだろう」

村田は立ち上がり、窓の外を見つめた。そして、ポツンとつぶやいた。

「荒井くんには人がついていかない」

それは告白のようだった。なぜそんな話を自分に聞かせるのか、わからなかった。それでも村田は続けた。

「人がついてこないような教授を頭に抱えていたんでは、医局は衰退するんだよ」

そして俺の前に戻ってきた。

「医療は、進歩が大切だ。少々のことは犠牲にしても、進歩させなければならない。時には憎まれ役になったとしてもだ。ただそれが、なんのための進歩であるかを、決して忘れてはならないんだよ。技術と処世術だけでは、教授にはなれない。いや、なってはならない。情熱だよ。芯にそういうものが要るんだ」

村田は微笑んだ。

「不思議でしょ。いい年をした男がそんな青臭いことを言うなんて。でもね、最近、そんなことを考えるんだ。辞める段になって、初めて現場が客観的に見えるようになった」

村田のいう意味がよくわかった。俺はただ「はい」と答えた。

村田は膝《ひざ》をポンと叩いた。

「さて。それでな」と、村田は言う。

「実は来年から君に、准教授をやって貰《もら》いたい」

俺は耳を疑った。

「その分、講師枠が一欠となります」

自分でも何を言っているのか、わからなかった。

「現在助手である山崎医局長を講師に昇格させる。助手には、来年大学卒業予定の橋本くんを四月から登用する。これは以前から考えていたことだ」

「江崎くんのあとの助手枠は」

「アメリカに留学している大倉くんを戻して助手にしようと思う。本来は帰国は来年の四月なんだが、医局長に打診してもらったら、向こうでのリサーチもすでにペーパーにしたそうなので、早めに帰国しても差し支えないとの返答を貰った」

言葉が出なかった。「それで教授の母校の方は納得されますか」

村田はまた、笑う。「うん。いろいろ候補を出されたよ。でもね、これってのは、いないもんだよ」

それは、かつて敬愛し、親しんできたあの村田教授、その人だった。本当に久しぶりに、村田教授に再会したような気がした。

村田が真面目な顔になった。

「私はあと一年半で退任だ。教授候補は英文ペーパーの数、業績に加えて人柄をも加味して決めるつもりだ。客観的で公正な判断をするつもりでいる。君はファースト・オーサーで英文雑誌に記載された論文はいくつあるかね」

ぼんやりと答えた。「十五本だったと記憶しています」

「その中で一番インパクトファクターの高い雑誌はなんでしたか」

「『ジャーナル・オブ・ブレイン・リサーチ』です」

村田は満足そうだった。

「その調子で頑張りなさい。私はもうこの医局を去る。それで話を聞いて貰った。なんといっても君は——」

村田はにっこりと微笑んだのだ。

「私の愛弟子《まなでし》なのだから」

そして彼はふっと表情を曇らせた。

「どうしたのかね？　ひどく顔色が悪いが」

なんと言って部屋を出たのか、覚えていない。

この世で最も汚いもの。それは利己心と猜疑《さいぎ》心だ。

俺はその、利己心と猜疑心で二人の人間を殺した。俺は懸命に、その事実を避けて生きようとしていた。村田の無邪気な微笑みはそれを——俺が二人を殺したのだということ、そしてその事実を自分の中から抹消しようとしていることを改めて俺に突き付けた。

ただの一度も村田に真意をたずねなかった。江崎に、荒井との話の内容を聞こうとはしなかった。いまでも思う。俺に少しでも人を信じる気持ちがあったなら。

ただ怖かったのだ。自分に冷たい風が吹くことが。人に裏切られるかもしれないことが。

たったそれだけのことで、俺は彼らを見殺しにした。

放っておいても荒井は教授にはならなかったし、俺は准教授になっていた。高田総合病院に飛ばされることはなかったし、江崎は新しい場所でチーフになれた。なにより村田は、俺のことを認め、信頼していたのだ。

誰も俺を責めはしない。ただ俺だけが俺の罪を知っている。

今、俺の未来に立ちはだかるものは荒井ではない。誰にも語れぬ我が身の罪だった。俺の罪を指さす俺自身だった。

自分の講師室の片隅に座りこみ、眼前にある我が身の罪を見つめていた。

八

妻は准教授昇進を心から喜んだ。シャンパンをあけ、特上のステーキを買って待っていた。小さなパーティには娘の笑顔もあった。

俺は、未来の存在を考えていた。録画されたように未来というものが存在しているという話だ。それを話してくれたのは、かわいい高校生の女の子で、俺だって高校生だった。俺は感動したように「そうだよね」と答えた。かわいい彼女がそんな小難しいことを考えているということに、こそばゆいような恋しさを覚えたからだ。

偶然が積み重なって未来ができるものだと、いまでも思う。でもそれなら、なぜ半年も前に、あの冬の日の荒井の葬儀が見えたのか。それに強《し》いて答えを見出そうとは思わない。それに答えをつけてしまえば、未来は必然的に起こるということを認めざるを得なくなるからだ。かわいい彼女が生まれたのは、親が知り合ったという偶然から発生した偶然ではなく、かわいい彼女は、生まれる必然にあり、だから親が出会ったことも必然であり、彼女の存在が必然なのは、彼女から生まれる子供の存在がすでに決定されているからであり。

そういう場合しか、未来の映像がすでに存在するということはあり得ない。

そしてその理屈を続けていけば、人類、及び地球の未来は、先の先まで決まっているということになりはしないか。

だって必然の上に必然を上乗せしていくのだから。

時々、荒井の事故を「予見」して、それでも何一つせず、強いて言えば電話が通じない状態になるまでなにもせず、なぜだか携帯電話は通じなくて「失神してしまいたい」とまで思いながら、結句何一つしなかったのは、それ自身が決められたことだったのかもしれないと、わびしく思うのだ。

俺は、彼の運命を変えてはいけないという天命を受けた状態で、彼の行く先を見たのかもしれない。

なぜわびしく思うのかといえば、それはあり得ないことだと、俺自身が思っているからだ。あり得ないことのはずなのに、それを実証するような目にあってしまった。そんな自分が、やるせない。

もう一つやるせないことがある。

もし地球の未来が必然の上にたち、全てがかっちりプログラムされた未来しかないというなら、地球の運命さえ、結局は決まっているということだ。もしかしたら地球の歴史は、全てが消滅したあとに、一旦巻きもどされて、再生されたものかもしれない。

なんでそんな馬鹿なことを考えるのかといえば、あの夢なのだ。

回っていた地球。そして真っ白になった地球。それはやがて崩れて、壊れて、宇宙の藻《も》屑《くず》になった。

録画したようだった。

秋山から引き継いだ能力は根付いていた。

画像が広がる。痩《や》せて枯れ木のようになった老人の腕が伸びる。ベッドの上に延びた蛍光灯からナースコールのボタンがぶら下がっている。痩せた手がそれを摑む。俺は医局に座って、それを見ている。あれは342号室の安田さんだ。気難しいといつも看護師たちがこぼしている。大した用はないんだ。いつ退院できるのか、先生に聞いてくれましたか？　あの人はそう聞くだけだ。ナースセンターで、看護師が受話器を上げた――。そして俺の携帯が鳴るのだ。

「すいません、342号室の安田さんなんですけど、退院の話、先生なさいましたか？」

偏頭痛を訴えた中年の女性が診察室の椅子に座る。MRI検査の結果、脳底部に腫瘍《しゅよう》が認められると告げる。彼女の顔がみるみる曇る。「大丈夫ですよ、良性なら危険はありませんから」その瞬間、座っている彼女に重なって、病室のベッドで横になっている彼女が見える。親族が取り巻き、泣いていた。やがて顔に白い布が掛けられる。どういう事情なのかはわからない。術後に合併症を併発したか、腫瘍が手のつけられない悪性だったか、医療ミスが起きたのか。とにかくこの女性が生きてこの病院を出ることはない。目の前には緊張した面持《おも》《も》ちの女性が座っている。まだ生きている女性だ。手術への不安を隠せない人間。俺は目をそらせる。

「では入院の予約をしてください」

待合室を歩くと、さまざまな光景が交差した。家族を引き連れ、晴れやかな顔をして病院の玄関から退院する姿が見える患者もいる。別の患者の後ろにはうちひしがれた人々と霊柩車が見えた。

患者は皆、入院するとき「よろしくお願いします」と言った。家族は深く頭を下げた。無駄なのだ。

生ある者には生を、死ある者には死を。それは神の決めることなのだから。

人間はうぬぼれた。

運命が我が手にあるような錯覚は、西洋文明のもたらしたものだ。宗教だろうか。

だから俺はビールもウィスキーも飲まない。

俺は焼酎《しょうちゅう》と日本酒を飲む。そして煮物を喰うのだ。演歌を聞く。そして精一杯、仕事をする。助かる運命のものを、間違いなく助けるために。それが必然だろうが運命だろうが、俺にはもうどうだってよかった。

妻にも娘にも、我が身が負うた能力について決して話さなかった。

妻は、突然聖人のようになってしまった夫に不服そうだった。

ひどく不幸に見えるわ。なんだか木枯らしの中にひとりぼっちで立っているみたい。

時々思う。荒井と江崎の交通事故は、もしかしたらあっけないほど簡単に防げたことかもしれない。未来は現れて過去になるまで、人間には「可能性」のままであり続けるのだから。俺は、まだ生身の人間だ。もしこの世を神が作ったというのなら、神の作った世界の真実は、神しか知り得ない。もしこの世が物理的な必然でできているというのなら、膨大な時間の一点に生きる俺という人間がその真実を知りえるはずもない。あの高校時代のかわいい女の子は、いとも簡単に断言したのではあるけれども。

毎日が過ぎていった。街を歩く人々に背の高いのや低いのや整った顔だちの人や、そうでない人がいる。同じように、それぞれの昨日と明日がある。犬には人間ほど色彩を見分ける能力がない。白と黒でしか世の中を認識できないのだそうだ。人間と同等な識別能力を持てば、疲労を感じて、自分を不幸だと感じるかもしれない。俺は、自分が、人間の色彩識別能力を与えられた犬のようなものだと思う。本人にはまだ来ない時間の出来事を、本人より少し手前に見ている。その違和感は、突然色を識別する能力を持った犬と同じだ。聞きたくない音を無意識に排除するように、ともすれば洪水のように溢《あふ》れる未来の情報に、もう、翻弄《ほんろう》されることもなくなった。

色彩感覚を持った犬。俺は自らをそう喩《たと》えることが気に入った。世の中を白と黒でしか見ることのできない犬が、見ているものが本当はさまざまな色に彩《いろど》られているという真実に気付くことなく、白と黒の世界がすべてだと自惚《うぬぼ》れている。

滑稽《こっけい》だ。

俺は色が見えるようになって初めて、自分が犬に過ぎないことに気付いた。犬に過ぎないと気付いた犬に、もう大した欲など生まれない。悩みもない。

変化についても、もはや大した煩悶《はんもん》はない。やがて白黒しか見えなかった頃の記憶の方が消滅するだろう。部屋を模様替えして半年経《た》つと、前の部屋の様子はまるで思い出せなくなるのとおなじだ。人間は適応する生き物なのだ。

脳が、人をそう作っているのだ。

ただ、日々恐ろしいのは、妻や娘が死亡する画像を見ることだ。

毎日、耳の中を行き過ぎる紙の音に怯《おび》えた。江崎を見殺しにした自分が、妻や子だけは助けてくれというのは図々しい。

だからただ願わくは、見せないで欲しいのだ。

回避できない運命に、泣き、もがくのはもういやなのだ。

セザンヌに惹《ひ》かれる。ドイツ語の小説を読むと、知らない文化であるはずの、その情景が際立つように浮かぶ。マーチを聞くと走り出したくなるのは、自分の中にいる宿借り――俺は、俺の中に入ってきた、俺以外の意識のことを、そう呼ぶことに決めた。俺はさしずめ宿主だ――宿借りの一人が少年だからだろう。英語ができたやつは、多分ビジネスマンだ。気がつくと図書館で英字新聞を広げていて、それが必ず経済面と株価のページなのだ。英語の小説にはまるで手が伸びない。秋山が電車の中で英字新聞を熱心に見ていたと姉の静子が言っていた。それは多分、この男だ。酢キャベツが好きなやつはどいつだろう。赤キャベツの酢漬けがいい。

英語ができる奴はビジネスマン風の男だけではないようだ。ドイツ語ができるのも、どうもドイツ人だけではないようなのだ。時々、俺の中には、とても古い時代の医者がいるのではないかと思う。昔の医者なら、日本人でも、ドイツ語も英語も堪能《たんのう》だ。そして最近の医学用語はわからない。だから俺は、英文を読む時医学用語でつっかかるのだと思う。

そういえば第二次世界大戦の頃の軍用機の本を古本屋でみかけると買わずにはいられなくなる。食い入るように見ている。

パラオの密林には巨大なカタツムリがいて、焼いて食べたら上官に見つかって叱られたとか。本来空中戦用ではない海軍の飛行機「一式陸攻」が、敵機ロッキードに襲われた自分たちの乗っている輸送艦を守るために、敵機の三分の一にも満たない数でありながら、空中戦を挑んでくれたとか。それは「ニュールアイランド」付近のことで、それにより海軍機は二機撃墜されたが、自分たちのために命を落として落ちていくその一式陸攻の姿は、まったく神の御姿に見えたとか。

本にはカタツムリを食べた話なんて書かれていない。目の前の本には一式陸攻の写真が載っているだけだ。軍用機をみるとそんな話をしてくれる奴がいる。そいつは、その時神の御姿に見えた一式陸攻が見たくて、俺を古本屋の前で停めるのだから。

一式陸攻という陸上攻撃機は海軍の所属であるのだそうだ。その男は、自分の名前には全然覚えがないという。ニューギニアに駐留していたことは確かだと言った。そして、自分の名前はわからないが、指揮官は安達二十三中将だったと教えてくれた。

だからって俺が「沢村貴志」でないわけではなかった。

誰かが俺を牛耳《ぎゅうじ》っているというわけではなかったから。

時々しか意識にのぼらないものもいれば、ずっと意識の中に滲《にじ》み出しているものもいる。ドイツ人とアメリカ人――いや、アメリカ人ではないかもしれない。英語の堪能なビジネスマンだ――は、相性が悪いらしく、どちらかが出てきた時はもうひとりは消えてしまう。誰が出ている時でも、秋山の意識は旺盛だった。多分わずか一代前なので、これが自分のからだでないという認識が彼の中でまだ定着していないのだろう。食欲と性欲。それが主に秋山が強く反応する対象だ。

ある時俺は、パラオでカタツムリを食べたという男に呼びかけてみた。こちらから話しかけたらどうなるのだろうと思ったのだ。

頭の中に焦点を合わせて、どこから来たのかと問う。不思議なものだ。頭の中にふっと花が咲いたような気がした。たぶん男が喜んでいるのだろう。受信は不安定で、ところどころ聞き取れなくなる。また、かなり大まかなので、勝手に補足するしかないところもある。

それによると、男には宿借りに入り込まれた時の記憶はない。彼には、死亡した自覚もない。ただ、多分自分はニューギニアで戦死したのだろうという。「ウルグット川付近で敵に包囲され、迫撃弾を受けた」のだそうだ。気がついた時には、鏡に映る人間が見覚えのない姿なもので、驚いた。だから、あの迫撃弾を受けた時に死亡したものと思う。

はくげきだん。うるぐっと──なんだ。そういうことか。

俺は少し笑った。この男の生前の記憶が俺に反射していたんだ。そして教えてやったのだ。あなたはね、投げ込まれた手榴弾を投げ返すのが遅れて、それで死亡したんだよ。そのとき味方の軽機関銃は故障していてね。だから多分、それに気を取られて気付くのが遅れたんですよ。だれかが「まだ直りません」って、叫び返していたから。

男は驚いたようだ。ああ、あれか。兄さんすごいね。そうだったのかい、ありがとよと言った。俺は驚いた。なぜだか涙が出てきた。頭の中にいる男がかわいそうだったのか、男を吸い込んでいる我が身があわれだったのか。

それにしても、寝る瞬間がわからないように、死ぬ瞬間もわからないんだな。

その瞬間だった。声がした。

兄さんの前の身体は秋山という男で、なにを教えてやってもわからないようだった。つまらなくてね。俺は自分の巣に籠《こ》もったよ。皆、結構そうしていたよ。

声――声――声。

直接声が聞こえる。

そして彼の気配が消えた。

俺は頭に響く彼の声を捉え直す。「巣」ってなんだろう。見覚えのない人間ってどんな人間だったんだろう。男だろうか、女だろうか。どこの国の人間だったのだろうか。俺は自身のなかに耳を澄ませた。でもまるで気配はない。

なるほど、これが「巣に入る」というやつなんだろう。宿借りたちが俺の意識にのぼったり消えたりするのは、巣を持っているからなんだ。

それにしても男が自分の名前を知らないというのはどういうことを示すのか。彼は確かに意識を持っている。問いかけを理解し、返信もできる。しかし彼は自分の名を知らない。彼の意識はただ、戦場にのみ、いや、戦時にのみある。もっといえば、南方での戦争体験に限定されている。

もともとの人格ごとやってきたやつは少ない。知能だけできているやつも、感情だけをもっているやつもいる。俺だってなんでこんなことになったのか想像がつかないし、だいたい、戦争に行く前にも自分という人間がいたということが、想像がつかないのだもの。俺は、戦争の記憶だけでなりたっている存在になってしまったんだ。

面倒な会話だった。でも俺には少しずつ、自分の考えたことと、宿借りの書き込みが区別できるようになっていた。もちろん、それにはよっぽどの集中力が必要なわけだ。

そういえば俺の中にはただ、身体を返せと言い続けている外国人がいる。俺はその意識を摑《つか》むと一瞬、ちょうど心臓がおかしくなったように脈が飛ぶ。胸の奥に圧迫感が生まれる。暗雲が垂れ込めて、それは孤独と絶望の象徴のようだ。

ときどきフランツ一世がどうのこうのというから、かなり古い時代のやつだ。ドイツ語で喋《しゃべ》っているとも思わないけど、ドイツ人なんだ。

そいつに俺たちみたいなのが流れ込んだ時、悪魔が自分の中に入ってきたと思って錯乱した。彼は頭のおかしなやつだと思われて周囲から疎外され石を投げられ足蹴《あしげ》にされた。

この男が迫撃弾を受けて死んだのなら、そばには怪我をした人間がたくさんいただろう。だから汚染されていた彼の髄液は、なんとか次の個体に移ることができたのだ。

でもそう考えれば――

この男が飛び散らせた髄液に感染した人間は、他にもいたのではないか。

この世界には無数にいるかもしれない。

みな、俺のように息をひそめて。

いやそれどころではない。俺は思い付いた。フランツ一世というのはナポレオンの時代、一九世紀初めのオーストリア皇帝だということ。

そういえば初めて「オレヲカエセ」と言われた時、古いヨーロッパの石畳が足元に見えた。あれは彼が見た——たぶん人々に追い詰められて逃げ場を失って立ちすくんだ時に見ていた、二百年前のオーストリアの石畳だったのではなかったか。

二百年前の男。

それがいま、俺の中にいる。——

彼らは何人の宿主を経て俺にいるのか。

声がした。

俺たちはね、単細胞生物のようなもの。ちょっと時間はかかるけど、それぞれ元の形に復元できるんだ。でも古い奴はね、復元しても巣にこもりがちになる。復元できなくなっているのもいる。そういうのは、幽霊船みたいに血液の中を漂っているよ。ときどきぎらって光るんだ。魚のうろこみたいに。なにか悪さをしているのさ。だってそういう時、住み着いているからだがものすごく興奮するんだから。

彼らはそれぞれに巣、つまり自分をしまう場所を持っていて、彼らがそこに隠れている間は、俺は俺自身でいることができるということなのだ。

彼らは、「生前の彼ら」ではなく、「生前の彼らの一部」。絵に喩《たと》えるなら、もともとはいろんな色で出来上がっていただろうが、俺のもとには、黄色と青だけを持ち込んだようなもの。存在そのものが「嗜好《しこう》」であり「傾向」なのだ。知識も、教養も、怒りも、喜び、悲しみ、興味。彼らの存在は俺自身の「嗜好」になる。

秋山の嗜好だって、時が経つにつれたくさんの中の一つになっていくということだ。

今は宿替えのすぐあとだから、いろいろな宿借りが乱れ出ているというだけのこと。俺じゃないものの嗜好、傾向は、俺と相性のよいもの、強い者のものに限定されて、やがて安定する。

だったらもしかしたら、自分に戻る日も来るかもしれない。自分が何であるかということはまた、別の問題ではあるけれども。でも少なくとも、生活していて違和感のない自分だ。過去と一貫性のある自分だ。俺はそんなことさえ考えた。

また軽音楽を聞き、ビールを好み、女性の胸の二つの肉の塊《かたまり》に誘惑を感じなかった自分に。

そして江崎の死も忘れて。

日々が過ぎていく。

春を迎えようとしていた。

五月。

タンスの中の衣服が全部夏物になっていた。まだ寒いといったが、妻はとりあってくれなかった。しかたがないので、洗濯籠《かご》の中から、まだクリーニングに出していない合いものシャツをこっそり引っ張り出して、着た。エレベーター前にあるメールボックスにエアメールが入っていた。脳腫瘍の国際学会からの招待状だった。会長である教授からの依頼で、来年の五月に開催される学会で脳腫瘍の成長解析に関する特別講演をしてほしいと記されていた。講師の身分には、破格の待遇だった。

この栄光は誰の力だろう。学術雑誌に論文が記載された。もしあれが認められたのなら、その功績に負うところは、多分俺じゃない。では誰なんだと言われれば困るけど。

開催地はモントリオールだ。

悪くないかもしれない。遊園地で電球をつけたぬいぐるみの行進に喜ぶ妻の顔が浮かんで、それも貰《もら》い物のチケットでいきましょうという堅実な妻の顔が浮かんで、連れて行ってやろうと思った。おい、この論文を書いたやつ。と俺は自分の中に声を掛けた。——講演の下書きもしっかり頼むよ。ここで知らん顔されちゃ、かなわないんだから。

不意に見事な英文が浮かんだ。横手から乗り出した意識がそれを解読して聞かせてくれた。

そんなことにも慣れていた。

妻と子は、声をあげて喜んだ。

三木谷陽子に呼び止められた。彼女は話しにくそうだった。

雪の中の抱擁《ほうよう》は俺ではない。しかし彼女にそれがわかるはずもない。心をもてあそばれたと思っているだろう。なんと言えばわかってもらえるか。

しかし話はまるで違うことだった。

――はじめは。

「先週、秋山さんのお姉さんからお手紙を頂いたんです。でも奇妙で」

もう秋山のことを考えたくはなかった。奇妙な話も聞きたくなかった。

あの無学な男が自分の中に入っているのだと思うことが、最近ひどく不愉快なのだ。

「俺」という人間の足並みが揃《そろ》わない。

いろんな遺伝子を常に抱えて、次世代へと繋《つな》いでいく人間の営み自体、こんなものなのだろう。もう少し鼻が高ければと思うことは、なぜ自分に鼻の低い遺伝子がまじっているのかと不審に思うのに似ているではないか。優秀なのに気が弱くて、つい人に居丈高《いたけだか》に当たってしまい、人に嫌われて、その優秀さを生かすことができずに一生を終える人間だっている。代が替われば宿借りの顔ぶれが替わるというのも、思えば遺伝の仕組みに似ている。秋山は俺の中では好まれざる遺伝子のようなものだった。

「秋山さんのことはもういいよ。他にも患者は抱えているんだ」

三木谷に俺の気持ちがわかるはずもない。「秋山さん、自分が死ぬんじゃないかって思っていて」

俺はいなした。「脳腫瘍だと言われたらそんなことも考えただろ」

「そうじゃないんです」三木谷は真剣だった。

「秋山さんは沢村先生のことをとても気にしていたんだそうです。自分のことより気にしていて、それがお姉さんにはなぜだかわからなくて、あたしにお手紙をくれたんです」

三木谷は上目づかいに俺を見た。

「——沢村先生はお変わりありませんかって」

不気味な言葉だった。

俺に何が起きるというのだろう。彼が何を「予知」したというのだ。

秋山は俺の中にいる。俺に何かあれば、自身が消えることにもなる。だからあいつは俺の身を案じるのではないのか。要は自分のために。

　秋山に対して激しい憎しみが湧いた。でもその感情も砂が指の間を滑《すべ》り落ちるように消えた。

　秋山が日記を書いていたのは生前だ。彼は、俺の中に入る前に、俺のことを心配していたのだ。自分のためでなく、俺のために。

　人の不幸を見過ごしにできない男だったから。

　俺は思う。彼は苦しんだのだ。俺が「彼ら」を抱えるより、秋山が「彼ら」を抱えることの方が、苦しかっただろう。なぜなら「彼ら」は秋山に敬意を払わず、苛立《いらだ》ちを感じていた。いまでも彼らは、秋山を抹殺したがっている。俺が秋山の存在を不愉快に思うのがその証拠だ。

　秋山はいま、姉と話したがっているのかもしれない。

　日溜《ひだ》まりで受けとったオレンジ色の蜜柑《みかん》が目に浮かんだ。フランス語の意味がわからなくなったと心細げに言った彼。

　彼は優しい男だった。神はなぜ、彼からささやかでまっとうな人生を取り上げたのだろう。

　彼はいま、煮物を腹一杯食っている。演歌も聞いている。でも俺の中で彼は孤独だ。彼はこんな永遠の生命を求めただろうか。

彼は寂しくて、姉との会話を求めているのだ。

「返事を書くことがあれば、沢村は元気でやっていると伝えてください。お姉さんもお体にはくれぐれも気をつけてと」

行こうとすると、三木谷が「待ってください」と言った。

「先生、あたしにこれ、くれました？」

三木谷はポケットから一枚の紙を取り出した。幾重にも折り畳まれた紙。それはメールをプリントアウトしたものだった。

三木谷さん。昨晩はありがとう。あなたを初めて見た時から心が動揺した。抱擁し、接《せっ》吻《ぷん》でき、念願の思いを遂げ、感無量で思い残すことはありません。

発信者のアドレスは俺のものだ。十二月二十二日深夜三時の送信になっている。

「それが来たのは先生と一緒に歩いた翌日です。でも先生があたしを初めてみた日っていつだろうって思った」

三木谷は俺を見つめていた。

秋山だと思った。

事情はわからないが、彼の仕業《しわざ》だ。でも彼女に、そんなことが言えるはずもない。

「僕じゃないよ、三木谷さん」

三木谷陽子はなにも言わなかった。それは、否定する俺を不誠実だと責める視線でもなく、さりとて得心しているものでもない。

三木谷は仕事に戻って行った。

俺はもう一度、そのメールを見つめた。そしてノートパソコンのメールの送信を確認した。

十二月二十二日深夜三時の送信――。

パソコンには送信メールが残っていた。そこには三木谷が受けとったものと同じ文面があった。

虚脱感に襲われた。

戦死した男が俺を古本屋の前に引っ張っていくように、秋山和雄が、俺の知らぬ間に、俺の身体を動かした。

先生があたしを初めて見た日っていつだろうって思った。三木谷陽子はそう言った。それは、彼女もまた、この文面は俺が書くには不自然だと思っているということだ。

では彼女は、この事態をどう理解しているのか。

責めるでもなく、得心するでもない視線は、彼女の心の内そのままだと思う。

俺はメールを見つめた。こんな安っぽい文章を俺の名を借りて送ったのか。そう思うと、また憎しみが湧いた。俺を返してくれと、声を上げて怒鳴りたかった。でもその瞬間、わかるのだ。秋山を憎む心が、俺自身から出ているのではない。俺の中の気性の激しい誰か。そいつが、叫んでいる。おそらく存命中に、幾度となくそう叫んでいたという、ドイツ人の男だろう。そいつは俺の中に吸収されてもなお、自らを乗っ取られた恨みを抱えて、時々小さな割れ目を見つけては、顔を出す。

彼らは不死だから。

目が充血するほどに画面を見つめた。秋山の嘆きが聞こえる。身体を失った秋山の、小さな俺という空間の中で孤独を抱える彼の、悲しみが聞こえる。

やがて涙がこぼれた。

時の経過は否応なく、日常も否応なく、それに抗《あらが》うつもりもない。来年の五月、モントリオールで、俺の中の誰かが書いた講演をこなす。そのときには、村田のいうように准教授になっているはずだ。荒井の死が、江崎の死がなんだというのだろう。

テレビで凶悪殺人犯の映像が流れるたび、いつか俺もそんなことをするのだろうかと思う。見知らぬ自分が顔を出して、思いのままに振る舞って、なりをひそめる。身体を使われる俺はいい迷惑だ。全部俺のせいになる。二重人格だの、人格破綻者《はたんしゃ》だのと言われて、世の中から抹消される。でも俺はそれに抗う術《すべ》をもたない。講演の下書きを書いてくれる奴も、秋山とまったく折り合わない奴も、俺の中にいるのだから、俺に違いがないのだ。そこに、俺でない俺と俺である俺を線引きすることなんてできない。臓器は馴染《なじ》む。能力も、根付く。棒に巻きついた朝顔からその棒を抜くと、朝顔は多分枯れてしまう。我々はいつまでも「他人」ではない。でも秋山が勝手にメールを送ったように、彼らの誰かが、少女に奇妙に興奮したりし始めたら。

突然村田のところに乗り込んで、だいたいあんたは頼りない、なんて言い出したら。あんたにはトップの器がないんだなんて、俺の口を借りて俺の本音を代弁しはじめたら。

それは、外からみたら間違いなく沢村貴志であり、俺が事実を説明すると、精神鑑定に回される。だから俺は、すいませんでした、ついかっとなって、だなんて、やってもいないことの責任を負う。

手懐《てなず》けなければならない。彼らと意識を共有し、この身の使用について、協定を結ばないといけない。

俺は思う。それには自分は弱すぎる。彼らには俺は格好の宿主なのだ。モントリオールにも連れて行くし、英文の論文も書かせてくれる。フランスへ行ってセザンヌの絵を見せてもくれるだろう。秋山の身体ではかなわなかったことを、俺の身体なら遂げられる。怨念のような欲求を持つ彼らに対して、俺は非力なのだ。根が優柔不断なのだもの。そして身構えようにも、俺は、自分の中にいくつの巣があり、それぞれにどんな存在が籠もっているのかを、知らない。

薄い氷の上を歩いているような気がする。

モーツアルトは、もしかしたらこんな「奴ら」に乗っ取られていたのかもしれない。彼の中には偉大な音楽家になり損ねた男の髄液が入り込んでいた。彼は、身体を貸していただけかもしれない。彼は三歳でピアノを弾き始め、五歳で初めて作曲をし、三十五歳のときに原因不明で死んだのだ。アインシュタインもまた、もしかしたら宇宙を見て回ったことのある「何か」に入り込まれていたのかもしれない。

偉大な芸術家は皆、自覚するかしないかは別にして、何かに侵入されているのかもしれない。大きな魚は食物連鎖の関係で体内に鉛《なまり》を溜め込むという。何代もの人が知識をリレーして育て、ちょうどいい「宿」を得た時、宿借りたちはその全てを放出する術を持つ。

「宿」は天才と呼ばれる。また、歴史に名を残す芸術家になる。

天才の脳は、量ってみても確かに重くはないだろう。だってたった直径二センチほどの肉塊だもの。それにどれほどの重さがあるものか。

俺は冷え冷えと微笑《ほほえ》む。

彼らは幸せだっただろうか。才能という「宿借り」に取り憑《つ》かれて、興味も知識もないはずのことに身体を使われ、時間を使われ、自分がなんだかわからなくなりながら老いていく。

天才は、選ばれた犠牲者かもしれない。

不死のものたちに取り憑かれた犠牲者。

traitez la nature par le cylindre, la sphère, le cône, le tout mis en perspective, soit que chaque côté d'un objet, d'un plan, se dirige vers un point central

俺にはいま、その意味がわかる。そしてなぜそれだけがフランス語のまま俺に反射していたのかも、わかる。訳しようがないのだ。厳格なるフランス人画商は——彼は画商だった——その言葉を日本語に変換することができない。

なぜ変換できないのかと言えば、その概念が、日本語にないからだ。いや、世界中のどこにもないかもしれない。それはセザンヌだけの言葉なのだ。

気難しいフランス人画商は愛するセザンヌの言葉を、それらしいものにすることを拒んだ。足してもいけない、引いてもいけない。勝手な解釈は許されない。

それが、あのフランス人の、こだわりだからだ。

俺は英語で講演の原稿を書いた。

三時間で書き終えた。

タンスの中の衣服がやっとちょうど気温に合い始めたある初夏の日、それは突然やってきた。

朝、玄関先で額の部分に激しい頭痛を感じたのだ。摑んでいた車のキーを取り落とし、座り込んだ。耳の奥まで引き裂かれるような痛みだった。

頭痛は十分ほどで治まった。しかし俺は立ち上がることを忘れていた。

直感的に思ったのだ。

「彼ら」がいかに技術と知識を「宿」を通じて放出したとしても、名を残すことなく終わった人たちもいたにちがいない。それは多分、名を残す前に死を迎えるからだと。

脳が局部増殖すれば、腫瘍でなくても脳を圧迫する。

――あんたに入ってから、みな元気になったんだ。

長い間休んでいた彼らは、活動の限度を忘れていたらしい。彼らは新しい宿主をわずか一年たらずで死に追いやろうとしているのだ。

愚か者どもめ。

床の上に落ちたキーケースを見つめたまま、笑いが込み上げた。

外勤先の病院で、技師は快くCTスキャンを撮ってくれた。しかし彼は、操作室からなかなか出てこようとはしなかった。

CTには前頭葉に二センチほどの塊が写っていた。

前頭葉第三脳室の側壁から、少し前頭葉側に延びている。

視床下部付近だ。

確信はあった。しかし実物を見て、やっぱり驚いた。CTにある影は、かつて秋山の写真に写っていたものと双子のように同じだったのだ。

技師は言葉を失っていた。

「医者でない僕が言うのも変ですが、先生、良性なら治るんですから。その、悪性でなければ手術で全快するんですから」

よく言ったセリフだと思う。確か、秋山にも言った。そういえばあの時、秋山はどう答えたんだっけ。脳腫瘍の疑いがあると告げた時。

技師に言った。「よくわかっているよ、ありがとう」

そういいながら、その写真に見入った。

ここに彼らがいる。このたった二センチのかけらがどれほどの価値のあるものかを、誰も知らない。

芸術品でも見るように、その影に見入った。

技師が、そんな俺を、痛々しそうに見ていた。

秋山があの時完全に自分の未来を予見していたかといえば、そうではなかったと思う。

彼は全快したと聞いた時嬉しそうな顔をしたし、三木谷にも恋をして、そして生まれ変わった自分に希望さえ感じていた。

彼には自分の身に起きていることを理解する知識がなかった。それは、彼らが、秋山に多くを告げなかったからだ。活動が小さかったのだ。それが、秋山を十五の年から五十二歳に至るまで、死に直面するほどの脳肥大を起こさず長らえさせたものだと思う。

秋山のカルテを再び開けた。

摘出後、全快。

二週間で、脳萎縮。

二カ月後、死亡。

それでも考えたものだ。

全ては悪い夢かもしれないじゃないか。俺はただの良性の脳腫瘍で、摘出すればすむ話かもしれない。

もしかしたら、そんなことを考えさせて、頭をあけさせて、また遁走《とんそう》する算段かもしれないけど。

次は誰だろう。

誰でも同じだ。医者なら、同じような快適な環境にある身体を提供できるだろうから。

突然、これが真実なのか妄想なのかを見届けたいと思いついた。

怯え続けるのはいやだと思ったのだ。妄想ならば喜ばしい。精神治療を受けて元気になろう。しかし真実なら――

真実なら、手術をすれば誰かにこの危険で奇妙な病を移してしまう恐れがある。

俺は突然、えも言われぬ恐ろしさにとりつかれた。何が恐ろしいのかわからない。ただ、突然冷凍室に放り込まれたように、全身が冷え込んだ。

頭を開けて、腫瘍を取る。

しかし、絶対他人に乗り移させてはいけない。

だって悪い病気だったら、移された人が気の毒だもの。

俺は考えた。そして、閃《ひらめ》いた。

そうだ、手は一つだけある。肝炎、梅毒、ＨＩＶ——なんでもいい。一つでいいから、免疫反応を陽性に書き換えて置くことだ。そうすれば、手術において、感染対策は万全にされる。宿借りたちは次の個体に移ることはできない。

そう思うと、体温が戻った。いいことを考えついたものだと、喜んだ。

村田に、自分が脳腫瘍であることを告げた。村田の顔が蒼白《そうはく》になる。「君——」そう言ったきり、言葉が続かないようだった。

今まで多くの患者に事実を告げ、慰めてきた。医者の慰めなどなんの役にもたたないことをつくづくと知る。事実を受け止めるのは、ただ患者だけなのだ。

「細胞を病理解剖してほしいんです。開頭して、全摘出してください」

村田は立ち上がり、手を取ると、医局として総力を結集すると強く言った。

それをさほどありがたいとは思わなかった。むしろ、村田は、外来患者には「総力を結集して」こなかったのだろうかと、そんな皮肉を思っただけだ。俺はいつだって全力で病理に向かっていたぞ。

彼の優しさが、なぜだか軽薄に思えた。それでも頭を下げた。

そこにいるのは、村田だ。俺が尊敬してやまなかった男だ。彼は、俺が沢村貴志であったころの思い出の象徴だった。彼の軽薄さは俺たち全員の軽薄さであり、彼に見る、わかりやすい優しさを共有して、信じ、生きてきたのだ。

俺は全ての色を認識できる犬になってしまった。彼らは白と黒しか認識できない。でもその世界にはその世界なりの調和があり、正義があり、平和がある。そしてなにより、仮に、それがたとえ軽薄であったとしても、その優しさは、偽りではないのだ。

俺は実はそのときまだ、白と黒の世界にいた。希望という言葉がまだ俺の語彙《ごい》の中にあったのだ。それは「頑迷さ」と言い換えてもいいかもしれない。

多分、死を受け入れるには人生が成功しすぎていたのだ。

——良性かもしれないじゃないか。秋山と同じ道をたどると、誰が言える？

俺は肝炎の免疫反応を、こっそり陽性に書き換えた。

一週間後の月曜日、手術は行われた。

名を呼ぶ声で目が覚めた。

「先生、沢村先生」

江崎の声のような気がした。江崎――江崎――薄い眉毛《まゆげ》の白お化け。花壇に咲いた小さな花に、そっと微笑む――先生、先生。沢村先生。

それは野口の声だった。

「先生、手術、終わりましたよ。わかりますか。わかったら右手を握ってみてください」

そうだ。江崎は助手席で、跡形もないほどに潰《つぶ》れたんだった。

少し瞼《まぶた》を開いた。覗《のぞ》き込む山崎の顔が見えた。

「大丈夫です。今度は左手も握ってみてください」

左手を握り返した。目を開くと、村田も森岡もいた。

村田の顔に、手術の首尾が書いてあった。

「無事、手術は終わったよ。予定通り全摘出した。組織は迅速標本では確定できず、永久標本で診断してもらうことにした」

迅速標本では確定できず。

村田の言葉に、声が蘇《よみがえ》った。秋山の手術の時、術中迅速病理診断から返って来た、困惑したあの声だ。

――臨床的診断の第一候補は過誤腫ということですが、過誤腫の場合、腫瘍様の過形成を呈します。でもこのサンプルには腫瘍様の所見がほとんどありません。視床下部など間脳系神経細胞の過形成だけです――

俺は目を瞑《つむ》った。

まだわかるものか。

口が動くようになった時、手術中何か変わったことはなかったかと真っ先に聞いた。なにもなかったという答えだった。

だったら「彼ら」は逃げ出せなかったということだ。指をくわえて外界を眺めたことだろう。少し笑った。それで唇の端がひくついた。漠然と、俺はどうなるのだろうと、思った。

あいつらが中にいる限り、宿主である俺を殺したりはしないだろう。あいつらはまた、脳体積を増やしにかかる。いたちごっこだ。

でも生き延びることはできる。

俺は生き延びたのだ。

妻は甲斐甲斐しく世話をした。娘は毎日やってきた。医局の仲間は、可愛い娘だと褒《ほ》めてくれた。こんなに長い間、毎日顔を見合わせるのははじめてだったような気もする。

「いままで患者さんにね、脳の手術は内臓の手術ほどに痛くないからって言っていたんだ。でも、あれ、嘘だよ。切った頭皮が痛い」

妻は澄ましてこたえる。「じゃ、その記憶は消去した方がいいわ。嘘も方便、それも患者さんのためよ」

「実利的だね」

「体験的事実以外を嘘というなら、精神科の医師は嘘つきばっかりよ。それより最近、絵里香の理科のテストの点が悪いのよ。どう思う?」

絵里香は憮然《ぶぜん》としている。

「花の絵が下手《へた》だったの。そしたら、お点を引かれたの」

「雄しべと雌しべがちゃんと描き分けられていないからでしょ」

村田は、悪性の腫瘍の可能性は極めて低いといった。経過も順調だった。

「モントリオール、行けそうね」

妻はそう言い、楽しげに笑った。それを聞いた娘は、踊るようにして喜んで、テストに描いたという花の絵を描いてくれた。

そのときは自分の運命に対する恐れを忘れた。神様が俺のカルテをなくして、あるべき未来を書き込み忘れるかもしれないじゃないか。

娘の花の絵は、すこぶる下手だった。

「確かに理科より、美術の問題だ」

「ピアノ教室より絵画教室かしら」

娘はそれに、暇つぶしに持ってきたクレヨンで色をぬった。花びらは黄色だ。でも雄しべと雌しべを強調して黒々と塗るものだから、とても花には見えない。なんとか花に見立てようと判じ物でも見るように懸命に見つめていると、娘は突然その絵を俺から取り上げて、改めてしげしげと眺めていたが、やがて黒のクレヨンをおもむろに持つと、大きく丁寧に、「はな」と注釈を書き込んだ。

憮然とした顔が、可愛かった。

永久病理学的診断書が返ってきたのは、その五日後だった。

「奇妙なんです」と山崎が不思議そうに言う。「こんなの聞いたことがない」

俺はそれを読んだ。

そして理解した。

神に物忘れなどないということを。

ね。過誤腫の亜型らしいんですけど、成人には前例がなくて。でもそれ以外、なにもないらしいんです」

S－22003　診断名　ハイパープラジア

画像所見

単純CTで等吸収を示す、境界明瞭な腫瘍がトルコ鞍《あん》上部のくも膜《まく》下腔に突出する像を示す。

造影剤による増強効果は見られない。

MRIではT1強調画像で脳皮質と同信号域、T2強調画像では高信号域を示す。

CT同様に造影剤の増強効果は見られない。

既存の確立した診断の範疇《はんちゅう》にはなく、確定は困難ではあるが、当院S－210343の組織に極めて酷似しているので参考にされたい。

「S－210343というのを調べたら、秋山和雄って五十二歳の男性で、沢村先生の執刀でした。覚えていますか」

ベッドサイドのテーブルに絵里香の描いた花の絵が残っていた。ぐりぐりとクレヨンで塗りつぶした、巨大な蜜蜂のように見えるあの絵。

秋山のベッドサイドで泣いていた静子の姿を思い出す。そして、泣いていたのが、なぜだか妻に見えた、あの瞬間のことを。

「覚えているよ」

秋山はこの結末に気付いていたのだろうか。


「僕の言うこと、わかりますか」

夕暮れの病室の片隅で森岡にそっと、そう問いかけた。森岡は身じろぎ一つしなかった。恐ろしそうに俺を見ている。俺は静かに語りかけた。

「脳は、未知なんです。僕がもしこの数日で脳萎縮《いしゅく》を起こしたならば、思うに」

俺は言葉を切った。

秋山の姿が蘇った。

——良性なら治るんですから。悪性でなければ、手術で全快するんですよ。

俺が秋山にそう言った、あの日。

彼は瞬間、蒼白になったが、数秒ののちに、ふと、諦《あきら》めの表情を見せた。それが自嘲《じちょう》の笑みに見えた、あの時。

「もう誰も、それを触ってはならない」

森岡は、一言一言を区切るように言った。

「あの髄液から脳腫瘍が感染したとおっしゃるんですか」

脳腫瘍は感染なんかしない。多分森岡は、俺が病後の一時的な混乱の中にあると思っているに違いない。それもしかたがないと思った。この話を語っておくとすれば、秋山の主治医であり、あの手術に居合わせた彼しかいないのだ。

「以前、ファンクショナルMRIを撮ってもらったんです。そのとき、最後の一枚に、視床下部方向から前頭連合野の一部に向けて、僅《わず》かに高信号がでていた。近藤技師は人工的誤差だと思った。僕はそのとき、娘のことを考えてみていたんだ。夕方だった。娘は校庭でドッジボールをしているんじゃないかと思った。娘は勝ち気でね。ボールを少年に力の限り投げつけた。赤いトレーナーを着た少年だった。そのあと、娘に聞いたんです。娘は、そのとき、校庭でドッジボールをしていて、赤いトレーナーを着た男の子にボールを投げて、泣かしたんだ。それがあの高信号の正体だった」

あの戦死した男が言っていた。復元できなかったものは、血液中を幽霊船のように漂っている。そいつが時々ギラリと光ると、宿主がものすごく興奮すると。

見えるはずのないものを見せているのは、多分そいつだ。宿を移ったとき、再生できなかった宿借りがカケラになる。でも彼らは死んだわけじゃない。彼らは二百年でも存在する。不死なのだ。アイデンティティーを失ったカケラが、住み着いた視床下部で、作用を及ぼすんだ。視床下部は、情報、視覚の中枢でもある。だから情報と、視覚に、特異な現象が起きる。あれはたぶん、壊された彼等の分解した意識の複合体が生み出す、副産物としての電気信号なんだ。わからないけど、宿主が興奮するとしたら、それぐらいしかない。俺が「見えるはずのないものを見た」のが、秋山から髄液を受けて三日後に集中したのも、その日に、再生に失敗したカケラが発生したと考えれば、それなりに辻褄《つじつま》があう。

あの戦死者は知らないみたいだったけど。

森岡は、悲しそうな目をしていた。俺がおかしいと思っているのだ。説得する気はない。ただ、自分の言い分を通すには、それらしいことをいわなければならなかった。

妻曰《いわ》く『嘘も方便』という奴だ。

「君も聞いていただろ。秋山さんは知ることのできるはずのない義理の娘の行動を知っていた。そして脳萎縮を起こして死亡した。秋山さんの髄液には異常プリオンが脳から滲《し》み出ていたのだと思う。秋山さんは情報、視覚の中枢である視床下部に、人より体積の多い脳を持っていた。いわゆる奇形と言える。僕はそれが彼の特殊能力に関わっていたのではないかと思うんです。そして彼の脳は、正常な状態にあったとは言えなかったんです。硬膜を切る前から、髄液が滲み出していた。彼の能力は異常プリオンと彼自身の脳の特異性の両方がなんらかの形で相互作用を及ぼすことで出来上がった。そして彼の髄液には、その、異常プリオンと特異性がかみあったものが流れ込んでいた。そしてそれは過形成を伴うんだ。論理的には脳脊髄液《せきずい》を介すれば、プリオン蛋白《たんぱく》のようなものが伝播《でんぱ》しても不思議ではない。僕の過形成は、秋山さんの、異常プリオンを含んだ髄液から伝播したと考えることができる」そして静かに補足した。

「もし僕が脳萎縮を起こしたら――だよ」

俺に特殊能力があることをわからせる。そして秋山にもあったことをわからせる。そこに、秋山との共通項を理解させる。プリオンなんて、どうだってよかった。俺の中に秋山が生きているだとか、フランス人がいるなんて話よりは、信用を得ることができると思うだけだ。

「沢村先生の腫瘍はただの過形成です。全摘しました」

「秋山さんのもそうだった。そして秋山さんのも、全摘したんです。覚えているでしょ？」

「秋山さんの髄液に感染して、沢村先生が突然の脳萎縮を起こすなんてことは、あり得ません」

「でも秋山さんは現に、脳萎縮をきたした」

　そして森岡を見つめた。

「萎縮開始から意識不明になるまでたった二日だったんです」

　森岡が何かを言おうとした。しかし何も言わなかった。言いたくても、言うことがないのだ。

「君がぼくの事をどう考えてもいい。もし脳萎縮を起こさなかったら、術後の混乱で口走ったことだと思って、忘れてくれ。でももし脳萎縮を起こしたら――」俺は森岡を強く見つめた。

「科学の進歩のためなどといって、取り出して調べようとしてはいけない。この脳は触ってはいけない」なんとか森岡を説得しなければならなかった。

「――異常プリオンは、怖いんです。わかるでしょ。封印しなければならない。焼いて灰にするんです。君にとってもらった秋山さんの髄液も、僕を焼く時に、一緒に焼くんだ」

　森岡が息を呑んだ。

「先生はあの時からそんなことを考えていたんですか」

　どうなんだろうか。

　俺は知っていたのだろうか。

知っていたともいえるし、まだ知らなかったとも言える。

秋山の中には他人がいた。俺は秋山の先代の意識も抱えている。そしてその先代も、先代も。セザンヌを愛した画商。古いドイツ語を読める誰か。菜食主義だった人間、ヘビースモーカーだった誰か。

俺が知っていたのか。誰が知っていたのか。そして何を知っていたのか。

俺は思うのだ。俺への伝播を阻止しようとしたものは、秋山ではなく、彼らのうちのどれか――誰かだったのかもしれない。

秋山の中には、生き延びようとするものと、この連鎖を断ち切るべきだという意志を持ったものが拮抗《きっこう》していたように思う。眼鏡をかけるように知らせてくれたものは、秋山とともに滅んでいこうとしていたのかもしれないと、思うのだ。

秋山は、頭が痛いと言って脳神経外科に来た。医師の判断で内科から回されて来たのではない。彼が訪れたのだ。脳外科にくれば、手術は自明であったはずだ。そしてそれは、彼らに死を意味したはずだ。

手術が決まって、秋山は術中に硬膜が取り落とされることを予知し、彼らは活路を見出した。それを、秋山は俺に警告した。俺が眼鏡をかけることは、彼らの生き延びる道を塞《ふさ》ぐことでもある。

終止符を打とうとする誰か。この循環を完全に打ち切ろうとする誰か。それが、秋山を脳外科医の元へ導き、そして、俺に、眼鏡をかけろと進言した。

朽《く》ちることを望んだ。

根拠はない。ただ、なぜ俺が、なんの疑いもなくあの塊を切ろうと決めたのか。いま、その理由を漠然と思い付く。彼らにはめられたのだ。なぜなら秋山の時と同じだから。秋山は俺に眼鏡をかけろと言った。そして俺は、免疫反応を書き換えた。どちらも、あの宿借りたちが他へ伝播するのを防ごうとしている。秋山の時は失敗して、宿借りたちは俺に移った。でも俺の代で、彼らはとうとう思いを遂げたのだ。

自滅の思いを。

俺の中にはあいつらはまだいる。だから俺は、手術の直後は、彼らは自分たちの巣を再生して、またあの塊を作るのだろうと思った。それでもいまは、あの塊を切り取ったことで、死に向かうのだろうと、思う。

机の上に残された絵を見た。娘の描いた「はな」と書かれた絵だ。

森岡に全てを話しても、理解されない。でも、今さら理解されないことの何が怖いだろう。自分の過ちを告白するのも怖くはない。肝心なことは、自分の死後について、保証を取ることだ。そして、加えていえば、森岡には、白と黒の中に生きる人間として、科学を信じる科学者として生きて欲しいと思う。

「仮説の域は出ない。でも医療従事者が二次感染するというのは珍しくない話です。感染すれば脳が肥大し、放っておけば死に至る。それを切り取ると今度は脳萎縮がはじまってやっぱり死に至る。でもどういう手段で感染するかはわからない。だから」

はち切れそうな花の絵を見つめた。

「もう触ってはならないんだ」

ハイパープラジア――過形成。

いくつもの意識を飲み込んで、増殖し続けた細胞。

クレヨンで黄色く塗りつぶした、蜜蜂のような力一杯の絵を見つめた。

俺の中にはまだ、生き続けたいと思う奴がいる。退化した宿借りほど、死を望まない。どこかに感染のチャンスがあれば、俺の髄液は必ずそのチャンスを見逃さない。そうすれば俺は、このたくさんの人格の中の一つとして、その人間の中に流しこまれるのだ。その人間の体内を循環し、脳内にたどり着き、そこに、巣を作って住み着く。遺伝子のように、継承され続ける。何百年でも。

俺は――

俺は人の中に入って、不死の意識を持ちたくはない。俺の遺体に取りすがる由紀子を、誰かの身体の中から見たくはない。二百年間も「俺の身体を返せ」と言い続けたくはない。だから決してこの脳を人に触らせたくない。

俺は俺のまま、死にたい。


森岡に話をした三日後、脳萎縮が始まった。


もう余命わずかなある日、ある真実に気がついた。

それは、妻に、死亡後、解剖をするなと言い含めたあとのことだ。

妻に、臓器提供もしてはいけない、俺の体にメスを入れてはならない、その死を究明しようとしてはいけないと、言った。俺の中の誰かが、俺の口を借りて「気が変わった。使える臓器を全て、提供して欲しい」なんて言い、生き残りを図るかもしれない。そんなことになれば、俺を含む宿借りたちは、何人もの人間に分散して伝播していく。

そんなことを考えていて、気がついたのだ。秋山が瘦《や》せた時、俺が煮物を食いたいと思った。もちろん煮物は、秋山が死んだあとも食いたいと思った。でも彼が生きている間というもの、手術中であろうが、荒井とのいさかいの最中であろうが、ただ、煮物が食いたかった。

あの時、秋山は、俺と、秋山自身のそれぞれにいた。俺の中の秋山は、煮物は食いたいとは思っただろう。しかし腹を減らしていたわけではない。飢えていたのは秋山の中の秋山だ。俺の中の秋山は、秋山の中の秋山の状態をひきずっていたことになる。

秋山が死んだ時、俺は、これで解放されると思った。

――二つに分かれた秋山は交信していたのだ。

秋山の中の秋山が「腹が減っている」と思う。それを俺の中の秋山が受信して、俺に反射していたのではないのか。しかしいくら俺が食っても、飢えを満たすことはない。飢えているのはベッドに横たわった秋山の肉体だったのだから。

だから俺は追い立てられるように煮物に目が行き、そして秋山が死んだ時、心のどこかが安堵《あんど》した。あの身体からの交信がこれで消えることを、どこかが、もしくは誰かが知っていたから。

それを思い付いた時、俺は笑い声を上げていた。深夜、真っ暗な室内で、一人で笑ったのだ。

分散したら、分散した俺は、交信できるのだ。

俺はその夜、考え続けていた。妄想というのだろうか、想像というのだろうか。

俺が同時にいろんなところにいる。たとえば、戦場で、銃を向けあった二人の男のそれぞれにいる。それぞれの中の俺は、まったく同時に宿主に「その相手は撃つな」と耳打ちする。だって相手の中に俺がいるのだから。相手は俺なのだから。いくら騒いだって、戦争の大義なんて刺身のツマのようなもの。大切なのは、いつだって、自分。一方の宿主は人を殺さずに済んだことを喜ぶんだ。でももう一方の宿主は、自分の意気地のなさを呪うのさ。人一人殺せないのかって。みな、自分が考えて動いていると思っているのだもの。

宿借りは遺伝子であり、遺伝子は不死であり不死は神であり。

窓から朝日が射した。神々しい光だ。子供の頃から変わらぬ光。地球が始まった時から変わらぬ光。

地球は、もう破滅をしている。

俺たちは、終わりまで記録された歴史を、なぞらされているだけ。

真実は誰の前にも姿を現すことはない。

すなわち、もし神が所有するのに最も相応《ふさわ》しいような知識があれば、それは神的な知識であるし、また、もし神的なものを対象とする知識が何かあるとすれば、それも神的な知識である。しかるに、ただ我々のもとめているこの知識だけが、これらふたつの条件を完全に満たしているのである。すなわち、神はほかならぬ万物の原因の一つであり原理であると考えられているし、そして、このような知識を、ただ神のみが、あるいは他のなにものにもまして神こそが、最も所有しうるであろう。（アリストテレス）

——でも俺は、神になんぞなりたくはない。

翌日、移植をしてはならないという意志を文章にした。署名し、親指に朱肉をたっぷりとつけて、押した。妻は俺がおかしくなったのだと、思ったものと、思う。

ゆっくりと知力が衰退していくのを感じた。

眠っているようだ。そして時々神経のどこかが覚醒する。そして回っている地球を見る。青くて綺麗《きれい》な地球。色は生き物のよう。

背景の空間は無。

回転しながらばらばらになった。中心部が露《あら》わになるにしたがって、時々真っ赤な火の粉が垂直に高く飛んで。

無の黒と、燃え尽きたような灰と、時折上がる筋を引く赤い光と。

神も現世も地獄も天国も、愚かで臆病な人間が作り出したおとぎ話だ。だから俺はもう死も恐ろしくはなかった。我が身とともにこの、多くの人格のうごめく髄液を葬り去る。

秋山から伝播した、この未知なる体液を、そして俺の人間としての軸を狂わすこの知識を、我が身に封じ込めたまま焼ききるのだ。

それが、わが子と妻の生きるこの世界の平穏を守る最良の手段であり、自分にできる、荒井と江崎への唯一の贖罪《しょくざい》なのだ。


七月。

窓の外には陽の匂いがした。

ラッパの音――見ることのなかった、ぬいぐるみの行進。

飲むことのできなかったエスプレッソ。絵里香のレッドオレンジジュース。視界を埋めつくす車。そして美しい妻。

妻が枕元で問うた。「今、何か言った?」

俺の唇と舌は、もうはっきりとは動かない。あの日、あの遊園地で、娘が笑った。妻が笑った。コーヒーにする、それとも紅茶?

飲み損ねたあの飲み物――

「エスプレッソって、何?」

妻は泣いていたかもしれない。

俺は死んでいく。

小雪の舞う公園が思い出された。枝から落ちる雪。そして木製の、少し染みのついたベンチの上に落ちる。

三木谷の唇の柔らかさがあった。秋山は俺のこの決断を、多分喜んでいる。

traitez la nature par le cylindre, la sphère, le cône, le tout mis en perspective, soit que chaque côté d'un objet, d'un plan, se dirige vers un point central

自然を円筒形と球形と円錐形《えんすいけい》によって扱い、全てを遠近法の中に入れなさい。

これが謎の、セザンヌの言葉。友人、エミール・ベルナールに送った手紙の中の言葉だ。こんなものが絵描きの言葉に思えるか？　あのフランス人は、これを日本語に訳すことを拒んだんだ。それがあの男のこだわりだったから。

人騒がせなフランス人。

ゆっくりと腕を持ち上げ、妻の頭を撫《な》でた。

髪の感触が残った。

それを最後の記憶にした。

医療監修　冨田泰彦

本作品中には、現在の医学界および医療現場では廃止された制度・用語が使用されていますが、これは読者への浸透度と小説の読みやすさを優先させたことによるものです。

本書は2011年8月に刊行された徳間文庫『最後の記憶』の新装版です。なお本作品はフィクションであり実在の個人・団体などとは一切関係がありません。

徳間文庫

最《さい》後《ご》の記《き》憶《おく》

〈新装版〉

2023年2月15日 初刷

著者 望《もち》月《づき》諒《りょう》子《こ》

発行者 小宮英行

発行所 株式会社徳間書店

東京都品川区上大崎三―一―一 〒141―8202

目黒セントラルスクエア

電話 編集〇三(五四〇三)四三四九

販売〇四九(二九三)五五二一

振替 〇〇一四〇―〇―四四三九二

印刷 大日本印刷株式会社

製本

ISBN978-4-19-894834-4 (乱丁、落丁本はお取りかえいたします)